Ben Okri

DER UNSICHTBARE

Roman

Übertragen aus dem Englischen und mit einem Nachwort
versehen von Helmuth A. Niederle

für papa.
—sommer 2002—

edition KAPPA

scriptor mundi

wird herausgegeben von Helmuth A. Niederle

Die Übersetzung aus dem Englischen wurde mit
Mitteln des Auswärtigen Amtes unterstützt durch
die Gesellschaft zur Förderung der Literatur aus
Afrika, Asien und Lateinamerika e.V.

Die Deutsche Bibliothek - CIP - Einheitsaufnahme

Okri, Ben
Der Unsichtbare [Übers. aus dem Engl.: Helmuth A. Niederle].
- 1. Aufl. München; Wien: ed. KAPPA, 2000
ISBN 3-932000-46-3

edition KAPPA, Verlag für Kultur und Kommunikation,
München - Wien
Titel der Originalausgabe: Astonishing the Gods
copyright © by Ben Okri
Übersetzung aus dem Englischen: Helmuth A. Niederle
Umschlaggestaltung: Götze + Brachtl, München
Lektorat: Helga Perz
ISBN 3-932000-46-3

Ben Okri

DER UNSICHTBARE

Buch eins

Eins

Es ist besser, unsichtbar zu sein. Sein Leben war besser, weil er unsichtbar war, aber das wusste er zu dieser Zeit nicht.

Er kam als Unsichtbarer zur Welt. Seine Mutter war unsichtbar wie er, deshalb konnte sie ihn sehen. Seine Leute lebten genügsam und bebauten unter der vertrauten Sonne das Land. Die Geschichte des Volkes wurzelte in unsichtbaren Jahrhunderten; alles, was aus diesen wechselhaften Zeiten überliefert war, waren Legenden und reiche Traditionen, ungeschrieben, eben deshalb waren sie im Gedächtnis verhaftet. Sie blieben in der Erinnerung, weil sie gelebt wurden.

Ohne Beschwernis wuchs er im strahlenden Licht der unbeschriebenen Zeiten auf und träumte als Knabe davon, Schafhirte zu werden. Er wurde in die Schule geschickt, wo er seltsame Zeichen und langweilige Alphabete lernte; dort entdeckte er, dass die Zeit in Worten niedergeschrieben werden kann.

Es waren die Schriften, aus denen er erstmals von seiner Unsichtbarkeit erfuhr. In all den Geschichtsbüchern, die er las, suchte er sich und sein Volk und entdeckte zu seinem jugendlichen Erstaunen, dass es ihn und die Seinen nicht gab. Das bestürzte ihn so tief, dass er beschloss, sobald er alt genug sei, sein Land zu verlassen, um die sichtbaren Menschen zu finden und zu erfahren, wie sie aussähen.

Die Entdeckung seiner Unsichtbarkeit behielt er für sich, und den Traum, Schafhirte zu werden, hatte er bald vergessen. Schließlich meinte er, nicht länger warten zu müssen. In einer Nacht, so dunkel, dass sie seine Unsichtbarkeit im Universum bekräftigte, floh er von zu Hause, lief zum nächsten Hafen und machte sich über das smaragdgrüne Meer auf und davon.

Er reiste sieben Jahre lang. Jede Arbeit, die sich ihm bot, nahm er an, lernte so manche Sprache und machte sich viele Arten des Schweigens zu eigen. Wann immer möglich hielt er seinen Mund geschlossen und lauschte allem, was Mensch und Natur zu sagen hatten. Viele Meere durchquerte er, sah zahlreiche Städte und wurde Zeuge mannigfaltiger Arten des Bösen, das aus den Herzen der Menschen hervorquellen kann. Er durchkreuzte die unendlichen Weiten der Wasser, sagte wenig, und falls ihn jemand fragte, warum und wohin er reise, gab er stets zwei Antworten. Eine war für das Ohr des Fragenden bestimmt. Die zweite galt seinem eigenen Herzen. Die erste Antwort lautete:

„Ich weiß nicht, warum ich reise. Ich weiß nicht, wohin ich gehe."

Die zweite Antwort lautete:

„Ich reise, um herauszufinden, weshalb ich unsichtbar bin. Ich suche das Geheimnis der Sichtbarkeit."

Jene, die mit ihm in diesen Jahren arbeiteten, erkannten in ihm bloß einen einfachen Mann. In Wahrheit sahen sie ihn nicht.

Zwei

Nach siebenjähriger Reise erreichte er einen seltsamen Hafen. Die Stadt schien leer. Die Häuser wirkten unbewohnt. Er ging von Bord und betrat einen großen, schwarz-weiß gepflasterten Platz, der einem gigantischen Schachbrett glich. Die Luft schimmerte orangegelb. Eine ewige Bewegungslosigkeit lag über allem; ihm war, als wäre er in einen beunruhigenden Traum geraten.

Die Stadt war leer, aber er fühlte ringsum die Gegenwart von Menschen. Er meinte, ein gelegentliches Flüstern in der Luft zu hören. Die Fremdartigkeit der Stadt verwirrte ihn so sehr, dass er sich tiefer in ihrer Rätselhaftigkeit verlor. Jedoch, die Stadt war ein Rätsel ohne Antwort. Überall tönten zarte Glocken. Fröhliche Stimmen, deren Lachen eine Art Geheimnis barg, schwangen in der sanften Brise. Aus der entlegensten Ecke des Platzes hörte er süßen Sprechgesang, der fremdartige Verse rezitierte. Der fühlbare Zauber der Stadt überwältigte ihn, sodass er sie nicht mehr verlassen wollte.

Er war den verführerischen jungen Mädchenstimmen gefolgt, die ungesehen im bezaubernden Mondlicht dieser geheimnisvollen Stadt tuschelten, als er die Signale vom Schiff hörte, die ihn zur Rückkehr mahnten. Das Mondlicht, das auf dem Schachbrettmuster des herrlichen Stadtplatzes glühte, füllte sein Herz mit seliger Einsamkeit, die ihn für den Rest seines Lebens begleiten sollte.

Als er sich zum Gehen wandte und sich unwillig von den betörenden Stimmen der Mädchen losriss, rührte ihn plötzlich der Geruch des Geißblattes an. Er begann zu weinen. Der Klang einer Melodie, gelb und fliederfarben irrlichternd über das bebende Schachbrett, verfolgte ihn aus weiter Ferne. Er weinte, als er die Flötentöne vergessene Momente seines Lebens hervorbringen hörte.

Er weinte noch, als eine sanfte Stimme aus der duftenden Luft heraus sagte:

„Warum weinst du?"

Er stutzte. Dass er nicht sah, wer ihn ansprach, störte ihn nicht sonderlich. Er antwortete:

„Ich weine, weil ich die Schönheit dieser Insel nicht verstehe."

„Warum bleibst du dann nicht?"

„Wie kann ich bleiben? Ich sehe die Bewohner nicht. Ich weiß nicht einmal, wo ich bin."

„Darüber solltest du dir den Kopf nicht zerbrechen. Die Bewohner können auch dich nicht sehen. Zumindest nicht alle. Du bist für mich nur eine Stimme. Aber alles liegt in deiner Stimme. Übrigens suchst du etwas, das du schon gefunden hast, aber du weißt es nur noch nicht. Das ist die Ursache deines Elends."

„Wie heißt dieser Ort?"

„Er hat keinen Namen. Wir glauben nicht an Namen. Es liegt im Wesen der Namen, Dinge verschwinden zu lassen."

„Ich verstehe nicht."

„Wenn du etwas benennst, hört es für dich auf zu existieren. Dinge beginnen zu vergehen, wenn wir sie benennen. Ich spreche nur von dieser Insel. Über andere Orte kann ich nichts sagen."

„Wenn ihr nicht wollt, dass Dinge verschwinden, was macht ihr dann?"

„Wir denken an sie. Wir wohnen in ihnen. Wir lassen sie in uns wohnen. Du stellst viele Fragen. Wenn du so neugierig bist, warum bleibst du nicht, lebst mit uns und entdeckst unsere Geheimnisse?"

„Danke, aber mein Schiff ruft nach mir. Ich muss in See stechen, oder ich werde niemals das finden, weswegen ich mein Heimatland verlassen habe."

„Hier könntest du eine Menge lernen."

„Aber ich kann vielleicht nie mehr ein anderes Schiff erreichen. Ich weiß nicht, wie oft hier eines anlegt. Ich könnte das Meer und die Reise verpassen."

„Das Meer gibt es immer. Schiffe kommen, wenn sie kommen. Die Reise geht stets weiter, aber diese Insel lässt sich nur ein einziges Mal während eines Leben entdecken - wenn du Glück hast."

Das Schiffshorn dröhnte erneut, rief dreimal seine ernste Mahnung. Er erbebte bei dem Ruf. Als der dritte Ton abschwoll, vernahm er den traurigen Wind. Er hörte die Flötentöne, die sanft durch die Zypressen glitten. Er hörte den Klang des Wassers, das durch die Girlanden aus Akanthusblättern in den Marmorbrunnen floss.

Nicht genug wundern konnte er sich über die weißen, harmonischen Gebäude, die den Platz umgaben. Ihre vollendeten Formen, ihre engelgleichen Pfeiler und Säulen aus glänzendem Marmor nahmen seine Blicke gefangen. Er sog den Wohlgeruch der Kindheit von süßen gelben Melodien und von reifenden Mangos ein. Eine Frauenstimme auf dem Dach des Blauen Tempels begann zu singen, da verstummte selbst der Wind. Er bemerkte, wie alles sich mit fühlbarer Aufmerksamkeit dem großartigen Gesang zuwandte, der goldenen Glanz in das leuchtende Mondlicht goss. Ein Lächeln umspielte seine Lippen. Dem Lied folgte ein neues beglückendes Schweigen. Er entschied zu bleiben.

Drei

Das Schiff stach ohne ihn in See. Er beobachtete, wie es sich seinen Weg durch das grünschwärzliche Wasser bahnte. Noch immer war der Hafen menschenleer und über der Insel wurde die Stille tiefer. Als es hinter dem Horizont verschwand, veränderte sich die Zeit um ihn. Langsam hörte er auf, sich seines Tuns bewusst zu sein. Verweilte er während des einen Augenblicks in der Mitte des schimmernden Schachbrettplatzes, wanderte er im nächsten auf Straßen aus poliertem Glas, durchstreifte Alleen, die mit Butzenscheiben gepflastert schienen. Licht strömte von unten nach oben, als hätten Mond und Himmel ihre angestammten Plätze verlassen.

Die Stimme, die sein Begleiter war, schwieg; die bloße Ahnung der Anwesenheit eines anderen gestattete ihm, das Schweigen der Insel zu durchwandern.

Der Anblick der Gebäude überwältigte ihn. Sie waren großartig; sie waren kühn; sie hatten bemerkenswerte Fassaden. Gewaltige Säulen, gekrönt von Seemuschelkapitellen, trugen harmonisch gefügtes Gebälk. Selbst die Sockel kündeten von edlem und ausgewogenem Sinn für Proportion. Wohin er auch blickte, Gebäude, alle offensichtlich leer. Das Licht sogen sie in sich auf, etwas wie Größe und Gediegenheit gaben sie ab, und doch schienen sie zu schweben. Scheinbar ruhten sie auf nichts, waren losgelöst. Sogar die großen Kirchen mit ihren goldenen Kuppeln und schwermütigen Türmen wirkten, als wären sie aus einer ätherischen Substanz. Die Bauwerke glichen in ihrer Vollkommenheit einer Art traumgeschaffener Illusion. Ihn verwirrte die augenscheinliche Leichtigkeit der kolossalen Bauten.

Er kam zur herrlichen Straße der Spiegel. Die Hausfronten, Schlossfassaden, Brücken, Villen und die Basiliken waren alle aus Spiegeln gefertigt. Ebenso die geheimnisvollen Kolonnaden, aus denen Statuen mit nahezu fühlbarer Sehnsucht und Lust auf ihn starrten. Sie widerspiegelten einander auf seltsame Weise bis in eine erschreckende Unendlichkeit. Als er sah, wie sich alles vervielfachte, ihn vervielfachte, wohin auch immer er schaute, durchfuhr ihn eine äußerst ungewöhnliche Empfindung. Es war ein Gefühl des Glücks, das er vor der Geburt empfunden haben musste, ein Glück, das er für sein ewiges Geburtsrecht hielt. Entfernt erinnerte es ihn an die Freude, die er beim ersten Anblick eines Regenbogens gehabt hatte. Und in Gedanken an dieses Gefühl entdeckte er, dass ein ganz besonders schöner Regenbogen allmählich über der goldenen Kuppel der im Schweigen verharrenden Kirche Gestalt annahm. Seine klaren Farben, die aus allen Spiegeln der Schlossfassaden und Hausfronten zurückgestrahlt wurden, waren von erstaunlicher Schönheit. Sie ergänzten das milde Strahlen des Mondes, sodass er sagen musste:

„Ihr müsst Meister in der Kunst des Glücks sein."

Die begleitende Stimme lächelte ein wenig, war dann still und sagte schließlich:
„Wir sind Meister in der Kunst der Verwandlung. Wir sind Meister im Leiden. Ich würde es begrüßen, wenn du das Wort ‚Glück‘ auf dieser Insel niemals mehr erwähntest."

Vier

Die Straße der Spiegel schien unendlich. Als er, zitternd, zwischen den silbrigen Fassaden, weiterging, fühlte er, wie er weniger stofflich, weniger wirklich wurde. Scheinbar verlor er seine Identität an die Spiegel. Er fühlte, wie sich das Starre und Nebensächliche in ihm in der Brechung des Lichtes auflösten. Gleichzeitig meinte er, friedfertiger, weniger beharrlich und freier von Ängsten zu werden. Üblicherweise hätte es ihn beunruhigt, einen so vertrauten Teil, wie seine Ängste es waren, zu verlieren. Aber er war viel zu sehr vom Strahlen der Lichter gefesselt. Er war von der Art ihrer Veränderung fasziniert, von der Art, wie sie in Rot und Gold aufleuchteten. Und er fühlte sich von dem wirbelnden Spektakel einer Unendlichkeit vollkommener Reiche, vollendeter Bauten, reiner Landschaften der Freude und der Atmosphäre von Seligkeit, die in den glänzenden Tiefen der Spiegel wohnte, angezogen.

Zu seinem Erstaunen sah er, als er tiefer in die Spiegel auf den Grund eines magischen Sees blickte, schöne Frauen. Sie spielten Mandolinen, lasen reich bebilderte Bücher, sangen in ruhiger Haltung im Chor, rezitierten Worte, die zu strahlenden Farben wurden. Andere tanzten nackt auf glänzenden Fußböden. In der unendlichen Weite ihrer Paläste aus Mondlicht umkreisten weiße und gelbe Vögel ihre Köpfe.

Schon wollte er etwas sagen, als er von einem weiteren herrlichen Anblick abgelenkt wurde. Aus einem anderen Spiegel leuchtete ihm ein prächtiger Garten entgegen, dessen Blumen in himmlischem Glanz schwelgten. Er betrat ihn und schaute sich um. Da schritt ein weißes Einhorn mit smaragdenem Horn majestätisch vorbei und verbreitete eine Aura des Glücks.

Er ging weiter und sah in den blauen Spiegeln gegenüber der großen Basilika der Wahrheit einen grünen See. In der Mitte des Smaragdsees, dem Brennpunkt allen magischen Lichts, ruhte das vergessene Schwert der Gerechtigkeit. Sein Schaft aus lauterem Gold zeigte in beleuchtete Himmel und blendete das Auge mit seiner göttlichen Reinheit.

„Ich verstehe nichts", sagte er.

Er konnte die Wunder, die er soeben gesehen hatte, nicht fassen. Das würde er niemals.

„Behalte deine Verwirrung", sagte die Stimme, sein Begleiter. „Deine Verwirrung wird dir gut dienen."

„Aber was bedeutet das alles?"

„Was meinst du mit ‚bedeuten'?"

„Wer sind die schönen Frauen? Wofür steht das herrliche Einhorn? Was bedeutet das Schwert?"

Die Stimme entgegnete:

„Die Frauen wirst du später treffen, das Einhorn sehen nur jene, die es sehen können, und das Schwert ist das Schwert."

„Ich verstehe noch immer nicht."

„Dinge sind, was sie sind. Darin liegt ihre Macht. Sie sind all das, was wir denken, dass sie sind, alles, was wir ihnen an Sinn geben, und mehr: Sie sind sie selbst. Bedeuteten sie etwas, wären sie weniger. Was immer du siehst, ist dein persönlicher Reichtum und dein Paradies. Du kannst dich glücklich schätzen, wenn du Wunderbares sehen kannst. Manche, die hier gewesen sind, sahen nur Geringes. Du siehst, was du bist oder was du werden wirst. Viele unserer bedeutendsten Männer und Frauen sind hunderte Jahre hier gewesen und haben nie das Einhorn gesehen. Du bist angekommen, und schon hast du es gesehen."

Die Stimme des Begleiters hielt inne. Dann, nach einer Weile, sagte er mit feinem, amüsiertem Lächeln.

„Darüber wird der Rat erfreut sein. Die königlichen Astrologen, die diesen Augenblick vorausgesagt haben, werden überglücklich sein. Ohne es zu wissen, haben wir deine Ankunft seit langem erwartet. Wenn du überlebst, was auf dich zukommt, wenn du es bis zur großen Versammlung schaffst, kann es sein, dass du derjenige bist, der den neuen Zyklus der Unsichtbarkeit begründen wird."

In den entferntesten Spiegeln am Ende der Straße sah er Engel ihre Bahnen ziehen. Ihre Flügel glänzten in den Farben des Regenbogens. Das Aufwärtsstreben ihres Lichts, ihre mächtig glühende Gegenwart erschreckten ihn und ließen sein Herz fast stillstehen. Seine Angst betäubte ihn augenblicklich. Es dauerte lange, bis er wieder normal atmen und über seine Reise in die Tiefe der Insel nachdenken konnte.

Fünf

Nachdem er den Flug der Engel gesehen hatte, war er ein anderer geworden. Er wusste nicht, was sich geändert hatte, doch ihm war, als trüge er einen Engel in sich. Hatte ihr unerwarteter Anblick seine Sicht in geheimnisvoller Weise verändert? Nach dem Erlöschen des himmlischen Glanzes wirkte die Welt ein wenig dunkler.

Er hatte eine andere Prachtstraße betreten. Das Mondlicht ließ den Schachbrettplatz erbeben. Als er die Straße hinunterging, sah er große weiße und silberne Silhouetten, die hoch in die Lüfte ragten. Die gewaltige Ausdehnung ihrer blendenden und teilweise im Verborgenen bleibenden Konturen erfüllten ihn mit unerklärbarer, heiliger Angst. Die Formen, die auf eine Art lebendig waren, wie nur ehrfurchtgebietende Dinge lebendig sind, machten ihm in ihrer Vollkommenheit das eigene Sein begreiflich. Als er unter ihnen dahinschritt, begann er zu strahlen. Er fühlte, wie er sich in Licht verwandelte.

Die riesigen weißen Formen gestalteten sein Ich neu, als er in ihren blendenden Strahlen wandelte. Behutsam veränderten sie ihn, ordneten sein Wesen neu. In jene Löcher, welche die Angst in ihm gerissen hatte, schütteten sie scheinbar ein Schwindel erregendes Verstehen all des Namenlosen, das er bei Bedarf würde wissen müssen.

Tief in sich spürte er, wie er bis zum Bersten mit Wissen und Freude für zukünftige Aufgaben erfüllt wurde, um all die Dunkelheit zu ertragen, die noch kommen würde. Er fand keine Erklärung dafür, aber als er an den weiten Flügeln der schimmernden Formen vorbeiging – sie strahlten Licht aus, gleich einem neuen Stern –, fühlte er ein Verstehen von Geschehnissen vor seiner Zeit, jenseits seiner Zeit, jenseits seines Lebens und seiner Fragen, ein Verstehen, das aus allen vergangenen und zukünftigen Zeiten floss.

Während er ging, hörte er in seinem Inneren ein seltsames Raunen, als würden zahlreiche Stimmen in Geheimsprachen all die unerforschten Gesetze der bekannten und unbekannten Universen sacht in sein Herz und in seinen Geist flüstern.

Seit er die Geschichtsbücher gelesen hatte, war er sich seiner Unsichtbarkeit bewusst, und seit damals hatte er gemeint, dass sie das Schlimmste sei, das eine Person oder ein Volk befallen könnte. Als er sich durch die schöne Macht der strahlenden Flügel zwischen Erde und Stern bewegte, schien ihm, er werde unsichtbarer als je zuvor, unsichtbarer, als er für möglich gehalten hatte.

Ihn ängstigte, es könnte Grade der Unsichtbarkeit geben, Grade und Abstufungen. Seine Gedanken verfingen sich im Schrecken dieser Erkenntnis. Er wähnte, in jenen Tiefen zu versinken, die er zwischen den mit Ewigkeit beladenen Flügeln durchschritt. Und als er tiefer in neue Unsichtbarkeiten gelangte, überkam ihn plötzlich ungeheure Angst vor der Endlosigkeit des Sinkens, der Bodenlosigkeit, bis er sich einen Zustand der Unsichtbarkeit vorstellen konnte, der in die Ewigkeit, in die Unendlichkeit mündete.

In diesem Augenblick stürzten seine Gedanken in eine völlige Finsternis. Er verspann sich darin. Dann fühlte er sich fallen, weg von sich selbst, endlos fallen in eine Dunkelheit, die tiefer und unerträglicher wurde. Das Einzige, was er konnte, um sich von der puren Angst vor seinem inneren Abgrund zu befreien, war schreien. Er schrie in der verzweifelten Angst, noch unsichtbarer zu werden, als er ohnehin schon war. Er schrie so laut und durchdringend, dass die gesamte Insel davon erfüllt schien. Nach einer Weile war er nicht sicher, ob er es war, der schrie, oder das Universum. Er fühlte, wie er durch Schichten ungehörter Qual der Welt fiel.

Als er aufhörte zu schreien, endete sein Fallen. Er öffnete die Augen und fand sich in leuchtendes schwarzes Sternenlicht getaucht. Und über ihm, wie ein vergessener Gott der Berge, wie ein türmender Koloss aus erstem Licht, schwebte die glänzende Gegenwart des majestätischen Erzengels der Unsichtbarkeit.

Der Erzengel blieb für einen Augenblick gegenwärtig und war im nächsten verschwunden. Seine Präsenz war nur kurz, doch es schien, als wäre ein leuchtender Blitz der Ewigkeit durch ihn, den Unsichtbaren, gegangen. Sobald der Erzengel verschwunden war, stand eine Aura des Lichts in jenen Räumen, die er mit seiner Flügelspanne besetzt hatte, welche die gesamte Insel zu bedecken schien. Der Unsichtbare fühlte, dass auch er gänzlich unstofflich und dadurch mächtiger geworden war. Er wusste nicht, wie und warum.

„Ich verstehe nichts", sagte er zum Wind.

„Versuch erst gar nicht zu verstehen", sagte die Stimme, sein Begleiter, zu ihm. „Verstehen steht immer jenseits des Versuchens. Es kommt von jenseits."

„Jenseits wovon?"

Die Stimme blieb stumm.

Sechs

Noch staunte er über die jenseitigen Orte, von denen das Verstehen kommen soll, als er sich am Fuß einer sagenhaften Brücke wiederfand. Die Brücke, durch die Luft gespannt, von nichts Erkennbarem gehalten, war eine hinreißende Konstruktion, geschaffen aus reinem Nebel. Ihre Körperlosigkeit verwirrte ihn. Und es kam ihm vor, als wäre sie auch aus Licht, aus Luft und aus Gefühlen gemacht. Er wagte nicht, sie zu betreten, um nicht in die Tiefe zu stürzen.

„Wie wird diese Brücke gehalten?", fragte er seinen Begleiter.

„Nur von der Person, die sie benützt", kam als Antwort.

„Du meinst, wenn ich über die Brücke gehe, muss ich sie gleichzeitig halten, sie aufhängen?"

„Ja."

„Aber wie kann ich beides gleichzeitig tun?"

„Du musst es versuchen, wenn du hinüberwillst. Es gibt keine andere Möglichkeit."

„Und was liegt darunter? Ich meine, wenn ich es nicht schaffen sollte, sie beim Hinübergehen zu halten, wohin würde ich fallen? Ich frage, weil ich darunter kein Wasser sehe."

„Darunter ist kein Wasser."

„Was ist dann darunter?"

„Nur jene, die fallen, wissen das. Und sie sind niemals zurückgekehrt, um es anderen zu erzählen. Über das, was darunterliegt, haben wir unsere Legende, aber die Legende hat die Form eines Rätsels, das du lösen musst, bevor du Zutritt zum Palast erhältst."

„Also muss ich ganz allein über die Brücke."

„Ja."

„Und was ist mit dir?"

„Ich werde auf der anderen Seite auf dich warten."

„Wie kommst du hinüber, ohne den Weg über die Brücke zu nehmen?"

„Das wirst du erfahren, wenn du die Brücke einmal bewältigt hast. Nicht jeder kann dies lernen. Viele haben es vergessen und sind deshalb umgekommen. Hier auf unserer Insel ist Lernen etwas, das du täglich und zu jedem Augenblick tun musst."

„An den Orten, an denen ich gewesen bin, haben wir an jedem Tag vergessen."

„Zu viel Vergessen führte zu unserem großen Leiden. Hier müssen wir immer neu lernen."

„Mir ist aufgefallen, dass ich schwerer an Gewicht geworden bin."

„Auf unserer Insel bedeutet schwerer leichter."

„Aber wenn ich so schwer bin, wird mich die Brücke tragen können?"

„Wenn du dich selbst tragen kannst, kann auch die Brücke dich tragen."

„Und ich muss über diese Brücke?"

„Ja, du musst."

„Und wenn ich nicht gehe?"

„Dann wirst du nirgendwo sein und wirst es dort schlechter haben. Alles, was dich umgibt, wird langsam verschwinden. Du wirst dich in einem leeren Raum wiederfinden, steif werden, alles Leben wird aus dir weichen. Anstatt du selbst zu sein, wirst du zu deinem bloßen Abbild. Dann, bald darnach, halb tot und halb lebendig, unfähig zu atmen und unfähig zu sterben, wirst du zum Denkmal deiner Erbärmlichkeit und deiner Schwäche erstarren. Am Morgen sammeln dich die Müllmänner ein und stellen dich als ein weiteres Mahnmal auf den geächteten Plätzen der Stadt den Bewohnern zur Schau, um sie an die Gefahren des Versagens zu erinnern. Nachts wirst du träumen, dass du dich bewegen kannst, und du wirst dich in deinem eigenen Inferno verirren und seltsame Worte all jenen zuwispern, die zu faul sind, etwas anderes zu tun, als zuzuhören. Du wirst der Insel in besonderer Weise helfen, indem du nachts zu einem der bösen Träume wirst. Einer von den Träumen, von denen all jene heimgesucht werden, die sich darum bemühen, dass ihre Integrität von der Akademie anerkannt wird. Ich versichere dir, es ist besser zu versuchen, über diese Brücke zu gelangen und zu versagen, als es gar nicht zu versuchen."

Nicht lange darnach wurde ihm bewusst, dass sein Begleiter verschwunden war. Die Brücke war jetzt unsichtbar. Er blickte in einen undurchdringlichen Abgrund.

Sieben

Nun stand er am Fuß der für ihn völlig unsichtbar gewordenen Brücke, umtost von der heulenden Zeit. Grauen erfüllte ihn. Er war nicht in der Lage, über den Abgrund hinaus zu sehen, auch das andere Ende der Brücke vermochte er nicht zu erkennen. Seinen Bestimmungsort konnte er sich nicht mehr vorstellen.

Festgenagelt von der Unmöglichkeit, vorwärts oder rückwärts zu gehen, wurde ihm bewusst, dass die Dinge rund um ihn verschwanden. Undurchdringlicher Nebel umhüllte die Glaskuppeln, die goldenen Türme, die Paläste der Spiegel und die glänzenden Marmorfassaden der unvergleichlichen Straßen dieser Insel. Der Nebel schien die göttlichen Formen auszulöschen, die er im Mondlicht gesehen hatte. Und als dieser dann auch die Säulengänge und die wunderbaren Relikte früherer Kulturen, die glitzernden Hügel und den Schachbrettplatz zum Verschwinden brachte, nahm der Unsichtbare zu seinem Entsetzen wahr, dass sogar die Straße hinter ihm sich in ein Nichts verwandelte.

Zeit heulte aus dem Abgrund, während die kriechende Leere die sichtbare Welt langsam verschlang. Sie begann, die Klänge in der Luft und die Luftspiegelungen, die seine Augen im Nebel beschworen hatten, auszulöschen.

„Ich kam nicht aus dem Nichts, und ich werde nicht im Nichts sterben", sagte er zu sich.

Durch sein Zögern, über die Brücke zu gehen, mehrte sich der Nebel. Bald wurden die leeren Räume, die zu ihm krochen, zu einem weißen Wind. Der weiße Wind blies die Straße weg, die Zypressen und sogar die Freiräume dazwischen. Gerade auf sie hatte er seinen Blick geheftet, mit dem inständigen Wunsch, dass etwas von ihnen bleiben möge, wenn schon alles andere verschwand.

„Ich werde nicht im Nichts sterben", sagte er wieder, während er seine Umgebung beobachtete, wie sie von ihm in einer Lawine der Unsichtbarkeit wegglitt.

Bald fühlte er, dass er auf dem letzten verbleibenden Stück Erde stand, auf dem letzten Sims über einem Abgrund und dass seine Sinne dem verführerischen Wesen dieser Tiefe nicht widerstehen können. Aus ihrem Dunkel hörte er sanfte Beschwörungen und zartes Raunen emporsteigen, als würden Stimmen dem letzten Menschen auf Erden, der sich selbst für verdammt hält, Trost zuflüstern. Als er jedoch aufmerksamer hinhörte, meinte er aus dem Abgrund leise Gesänge zu vernehmen, weiße, zarte Chöre, die ihn in die glückliche Heimat des weltauslöschenden weißen Windes riefen.

Für einen Augenblick war er restlos glücklich. Für einen Augenblick war er verführt. Der Abgrund erschien als vollkommener Ruheplatz, der sichere Hafen vor so vielen angstvollen Fragen nach Sichtbarkeit. Er lockte als die wahre Heimat, nach der er all die Jahre gesucht hatte. Langsam, zuerst in seinen Gedanken, übermannte ihn der Schlaf. Langsam, nun als körperliches Gefühl, meinte er zu fallen. Gnade und Süße waren in seinem Traum vom Fallen enthalten. Bevor er dem Gesang des Abgrundes gänzlich verfallen war, war ihm, als ob das Nichts, das die sichtbare Welt verschlungen hatte, jetzt ihn zu verschlingen begänne.

In der winzigen Zeitspanne eines Augenblicks fühlte er sich selbst zu Stein werden. In der winzigen Zeitspanne eines anderen Augenblicks sah er sich selbst als Mahnmal der Sinnlosigkeit, mit einer leeren Fröhlichkeit auf seinem Gesicht. Diese Vision erfüllte ihn mit Schrecken.

„Nein, ich wurde nicht im Nichts geboren", rief er noch einmal, während er unter Aufbietung aller Kräfte seinen Geist sammelte.

Als er um sich blickte, mit Augen, die von der Lust des Fallens schwer waren, ließ ihn das, was er sah, vor höllischer Angst aufschreien. Jahre später wird er sich daran erinnern, dass dieser Schrecken auch seinen Reiz und seinen Sinn hatte. Es war die Angst vor dem, was er sah, das ihn wahrscheinlich im letzten Augenblick seines alten Lebens aus dem Schlaf riss.

Acht

Überall drückte die Leere einer Schneewehe gleich. Die weißen Winde peitschten die letzten Freiräume auf den höchsten Berg und alles, was er unten sehen konnte, war das reine Weiß des Vergessens. Das Universum war in sich zusammengestürzt, und er stand auf einem winzigen Pfad aus Erde, der weiß geworden war wie ein mit Eis überzogener Spiegel. In seinen Ohren hörte er die glücklichen Klagen des alles verschlingenden Windes. Er war im Begriff nichts zu werden, löste sich im Nichts auf, was schlimmer war, als zu sterben. Mit dem Sterben würde er aus der Welt in etwas Unbekanntes eintreten. Jetzt fiel er aus dem Nichts in etwas, das noch schrecklicher war als das Nichts.

Sogar der Mond war verschwunden. Der Erzengel hatte ihn am einsamsten Ort der Welt zurückgelassen. Nichts war hinter ihm, eine Brücke aus Träumen vor ihm. Er fühlte, dass er den Sinn seines Lebens zum ersten Mal erkannte.

Für einen einzigen Augenblick sah er, dass die Brücke plötzlich wieder vor ihm stand. Er war nahe daran sich zu bewegen, da verschwand sie erneut, was seine Ängste beflügelte.

Der Wind hatte begonnen, den mit Eis überzogenen Spiegel unter seinen Füßen auszulöschen, als die Brücke wieder auftauchte, diesmal war sie aus Wasser. Dann wandelte sie sich zu einer Brücke aus Stein. Hierauf wurde sie zur Brücke aus Feuer. Und er wusste tief in seinem Innern, als der weiße Wind begann, ihn auszulöschen, dass er für immer ins Nichts verbannt wäre, sollte sich die Brücke in noch irgendetwas anderes verwandeln.

Schreiend, wie er geschrien hatte, als er in den Abgrund der Finsternis gefallen war, lief er auf die Brücke aus Feuer.

Neun

Schon erwartete er, durch die Flammen zu fallen. Doch sein Erschrecken ließ ihn seine Befürchtung vergessen, die Brücke könnte nicht echt sein. Er hastete über die Brücke, bis ihm bewusst wurde, dass die zurückgelegte Wegstrecke immer geringer und die Hitze immer unerträglicher wurde, je schneller er rannte. Deshalb wurde er langsamer. Schritt für Schritt bewegte er sich vorwärts. Seine Furcht verebbte. Die Hitze ließ nach. Er gewann ein gewisses Vertrauen aus der seltsamen Tatsache, dass das Feuer sein Körpergewicht zu tragen schien.

Seit er verhaltener durch die Flammen der Brücke schritt, kam er schneller voran. Kaum hatte er begonnen, diese seltsamen kleinen Entdeckungen zu genießen, wurde ihm bewusst, dass das Feuer ihn eigentlich verbrennen müsste. Just in diesem Moment, als hätte er dieses Gefühl durch seine Angst verursacht, spürte er die unerträgliche Hitze der brennenden

Geländer und Tragbalken. Er fühlte sich brennen. Er fühlte, wie seine Füße, sein Rücken, seine Haare und sein Gesicht inmitten der roten und blauen Feuerzungen zischten. Er wandte sich um und begann in panischer Angst zurückzulaufen. Da rasten die tanzenden gelben Flammen plötzlich seinen Körper entlang und begannen, sein Fleisch zu verzehren.

Heulend warf er sich auf den Boden des brüllenden Schmelzofens und schrie seine eigene verrückte Qual hinaus. Überall, am ganzen Körper brennend, mit dem Gefühl zu Asche zu werden, eilte er zurück und war daran, von der Brücke zu springen, in etwas, von dem er hoffte, es sei das rettende kühlende Wasser des Abgrundes, als sich alles rund um ihn änderte.

Um sich schlagend versank er im flüssigen Boden des Schmelzofens.

Verwirrt, mit den Armen rudernd, war er nahe daran zu ertrinken.

Die Brücke war zu Wasser geworden.

Zehn

Überrascht vom plötzlichen Fluten der Brücke begann er zu schwimmen. Er dachte nicht mehr an die Worte seines Begleiters, täglich und zu jedem Augenblick das neu zu erlernen, was man bereits zu wissen glaubt. Er schwamm in Panik und je schneller er schwamm, desto langsamer kam er vorwärts, bis es den Anschein hatte, als würden all seine verzweifelten Anstrengungen nur dazu führen, dass er zurückschwamm. Er widerstand diesem Bewegungsparadoxon mit all seiner Kraft und all seiner Furcht und fand sich bald am Anfang der Brücke wieder.

Dann erst erinnerte er sich an die wundersame Macht der Gnade, auf die sein Begleiter verwiesen hatte. Und vielleicht ließ er die Erinnerung nur deshalb zu, weil er nicht noch einmal all das durchmachen, alle Fehler seiner Verwirrung wiederholen wollte. Er besann sich und schwamm sanfter, langsamer und war nicht im geringsten überrascht, dass ihn dies schneller durch das Wasser reisen ließ.

Eben begann er die Gelassenheit aus dieser Erkenntnis zu genießen, da meinte er, in der Luft zu schweben, in einer Illusion, in einem Traum, aus denen er jeden Augenblick durch das Wasser in einen drohenden Abgrund hätte stürzen können.

Kaum hatte er sich diesen Sturz vorgestellt, als er sich in der Luft schwebend wiederfand. Rund um ihn schrien Stimmen, Dämonen schnappten nach seinem Gesicht und pfiffen Lieder, die er aus seiner Kindheit kannte. Seltsame Wesen mit grünen Augen ritten auf gelben Pferden an seinem Staunen vorbei. Er war überrascht, Menschen zu finden, die neben ihm in der Luft wanderten, gekleidet in Blau und Rot, mit merkwürdigem Blick.

Wie durch einen Nebel sah er Gruppen von Menschen aus den Tiefen eines großen Ozeans aufsteigen, aufsteigen aus Wassern des Vergessens. Dann sah er, wie diese mit entschiedenem und geheimnisvollem Blick zu ihrer Insel der Träume wanderten. Dort begannen sie, eine große Stadt aus Stein zu bauen, und in ihr mächtige Pyramiden, Universitäten, Kirchen, Bibliotheken, Paläste und neue, noch ungeschaute Wunder. Er sah sie eine Zukunft, die große Möglichkeiten in sich trug, in einem unsichtbaren Raum errichten. Schweigend arbeiteten sie tausend Jahre lang. An den Gestaden des Ozeans schufen sie eine Welt der Schönheit und Weisheit und des Schutzes und der Freude als Ausgleich für fünfhundert Jahre des Leidens und Vergessenseins. Sie hatten als unbeachtete Skelette am Grund des Meeres unter vulkanischem Gestein und toter Materie, die zu edlem Diamant wurden, unter den Wunderfischen, die niemals zur Oberfläche kommen, um im Sonnenlicht zu baden, gewohnt. Er bemerkte, dass in der Tiefe auch Licht wohnte.

All das zeigte sich ihm, während er mitten durch den Raum schwebte.

Dann bemerkte er: das Ende der Brücke hatte sich in Luft aufgelöst und in Träume verwandelt.

Elf

Er wunderte sich über die Träume und darüber, wie klar sie waren. Er staunte über die Menschen, die, aus einem langen Schlaf erwacht, vom Meeresgrund – ihrer Heimat – aufgestiegen waren. Und er war von Staunen erfüllt über die große und ewige Schönheit der neuen von ihnen geschaffenen Lebensform. Sie war ihnen heilig und die Frucht dessen, was sie während jener langen Jahre des Leidens und Vergessens am Grund des Meeres gelernt hatten. Ihre märchenhafte Zivilisation war aus Stein und Marmor, aus Diamanten und Gold. Sie verfügten über Paläste der Weisheit, Bibliotheken der Unendlichkeit, Kathedralen der Freude, Höfe des göttlichen Rechts, Straßen der Seligkeit, Kuppeln des Edelmutes, Pyramiden des Lichts. In ihrer menschenfreundlichen Gesellschaft konnten die

Einwohner ihre trefflichsten Eigenschaften einsetzen. Sie hatten Wunderschulen und Rituale der Erleuchtung erfunden. Sie hatten ein Erziehungssystem begründet mit dem Ziel, vollendetes Leben zu verwirklichen, in dem Kreativität in allen Sphären des Bestrebens das Grundalphabet war und in der die erhabensten Lektionen immer aus dem unvergessenen Leid, welches der Fels ihrer großen neuen Zivilisation war, gelernt und neu gelernt wurden.

Er war betäubt von der Schönheit ihrer für die Ewigkeit geschaffenen Skulpturen. Ihre Malereien waren herrlich: Augenscheinlich waren sie von so hoher Könnerschaft getragen, dass die geheimnisvollen Farben und Formen ihrer Kunst psychische Leuchtkraft bargen und dadurch nur noch geheimnisvollere Themen versteckten.

Verängstigt durch ihre majestätischen Feste, erstaunt über die unendlichen Arten, auf die alles, was in dieser Zivilisation getan wurde, von Weisheit und Inspiration, von leidenschaftlichem Entzücken berührt war, tauchte er ein in die vieldeutigen Träume dieser Menschen.

Noch nie war er so glücklich gewesen wie in diesen gewaltigen Träumen. Seine Freude war so heftig, dass er sich, in der Luft schwebend, wie nie zuvor spürte, unsichtbar, als eine reine Schwingung der Gnade, ein Vogel des Lichtes. Und er überlegte, wie lange er in diesem herrlichen Zustand verweilen würde, bevor er sich wiederfände im Sturz auf die Steine einer vertrauten Wirklichkeit.

Kaum war ihm dieser Gedanken bewusst geworden, während er über die bepflanzten Hügel flog, fühlte er schon sein Fallen. Er fiel durch die Luft, die schönen Visionen drifteten von ihm weg. Und sein Fall war so seltsam, dass er, als er festen Boden unter den Füßen hatte und dastand, als hätte er sein ganzes Leben lang keine einzige Bewegung gemacht, völlig überrascht war.

Er brauchte nicht zu schauen, um zu wissen, dass die Brücke wieder fest gefügt war.

Zwölf

Als er zurückblickte, befand er sich am Ende der kühnsten Brücke, die es je zu schauen gab. Er meinte, sie wäre für ihn die Brücke der Selbsterkenntnis. Das herrliche Bauwerk bestand aus Marmor, hatte goldene Verkleidungen und diamantene Tragbalken. Mit majestätischem Schwung die Lüfte durchschneidend, schien sie aus einer Substanz gefertigt, die ihr eigenes Licht schuf. Ihr Licht umstrahlte sieben Hügel.

Er staunte noch über die Brücke und die ungewöhnliche Art, sie zu überschreiten, als ihm die stille Gegenwart seines Begleiters bewusst wurde.

„Ich glaube nicht, dass ich das jemals verstehen werde", sagte er.

„Verstehen führt oft zu Unwissenheit, vor allem wenn es zu früh kommt", antwortete der Begleiter.

„Wenn ich aber nicht verstehe, wie kann ich dann weitermachen?"

„Eben weil du nicht verstehst, kannst du weitermachen."

„Aber ich muss die Zusammenhänge von dem, was ich soeben erlebt habe, erfassen."

„Wenn du die Zusammenhänge von etwas erfasst, kann es sich verflüchtigen. Nur das Geheimnis hält die Dinge am Leben", sagte der Begleiter freundlich.

Die Freundlichkeit in der Stimme des Begleiters ließ ihn zurückschauen. Als er sich umwandte, stellte er erstaunt fest, dass die Brücke verschwunden war. Ihm kam vor, als wäre es ihm möglich gewesen, durch die Leere zu gehen. Zum ersten Mal, berührt von einer magischen Demut, erkannte er die Art des kleinen Wunders, das sich in seinem Leben abspielte.

Ohne Anspielung auf seine Überquerung des Abgrundes führte ihn sein Begleiter in die Stadt der Unsichtbaren.

Buch zwei

Eins

Sie durchschritten Steinstraßen, Schweigen umfing sie gleich einem Echo. Die Stadt war leer, aber überall fühlte er die Nähe der für ihn nicht sichtbaren Bewohner. Er fand keine Erklärung, aber scheinbar beobachtete ihn die Luft.

In der Dunkelheit zeichneten sich Gebäude wie materialisierte Träume ab. Sie wirkten wie große Konstruktionen auf einer gigantischen Bühne. Er fühlte sich klein inmitten der mächtigen Steingebäude.

Sie gingen zu geheimnisvoller Nachtzeit in die Stadt. Niemand war zu sehen, aber er hörte Schritte, kein Körper war sichtbar und ein Lied schwebte in der Luft.

Sein Begleiter war still. Als sie zu dieser dunkelsten Stunde einen der offenen Plätze mit seinen Marmorbrunnen und eleganten Steinmonolithen passierten, wo einst die legendären Gründungsväter die Schaffung einer neuen Zivilisation öffentlich ausgerufen hatten, da bemerkte der Unsichtbare ein goldenes Glühen neben sich.

Das Glühen, das ihn von nun ab begleitete, war auf dem weiten geschichtsträchtigen Platz besonders stark. Die Marmorbrunnen, sieben an der Zahl, trugen Skulpturen, die seltene Meeresfische darstellten und aus deren Mäulern hell erleuchtetes Wasser sprühte. Auf den Steinmonolithen waren die Originalworte der Gründer der neuen Zivilisation eingemeißelt – Worte von der Knappheit und Autorität universeller Gesetze. Die Worte entstammten einer Sprache, die er nicht entziffern konnte, die nicht mehr gesprochen wurde. Bisher war er von einer Ähnlichkeit der Sprachen ausgegangen, tatsächlich aber hatte er mit seinem Begleiter jenseits der Worte kommuniziert.

Sie durchquerten die beleuchteten offenen Plätze und kamen zu einem von Straßen durchzogenen Gebiet. Die Häuser, Gebäude und Amtssitze waren alle majestätisch, alle aus Stein, aber einem Stein, der in einem Zustand des Träumens zu verharren schien.

Im Vorbeigehen fühlte er, eines Tages würde er die Träume verstehen.

Zwei

In der Luft lag etwas Besonderes. Sie war erfüllt von Harmonien. Er atmete sie ein, und sie versetzten ihn in gehobene Stimmung. Überrascht stellte er fest, dass nicht die Gebäude mit ihren klaren Konstruktionen, ihren musikalischen Formen, ihren edlen Pfeilern und ihren altehrwürdigen Stimmungen ihn so sehr aufwühlten. Der Adel und die Klarheit der Bauten waren nicht zu leugnen; sie machten die Plätze zu etwas Traumähnlichem. Was ihn aber am meisten berührte, wenn er die schmalen Straßen durchschritt, waren die verschlüsselten Botschaften und der Zauber, der in der Luft lag.

In allem lag versteckter Glanz. Er vermutete, dass es in dieser Welt hinter Marmor und Glas noch etwas Höheres geben musste. Er vermutete überall einen Geist des versteckten Lichts, der sich hinter den mächtigen Kirchen und den großen Basiliken der Gerechtigkeit verborgen hielt.

Die verschlüsselten Botschaften in der Luft gaben ihm das Gefühl, als hätte er seinen Körper verlassen und einen Tempel der Weltenträume betreten. Dieser war aus hörbaren Melodien zusammengesetzt, deren Ursprung nicht feststellbar war. Es erschien ihm, als wäre die Stadt aus Liedern komponiert und als sängen die Steine. In seinen Augen waren Musik und Geist verantwortlich für die Marmorfassaden und herrlichen Statuen, für die Kathedralen mit ihren Fenstern, für die Bankgebäude, die Warenhäuser und die öffentlichen Gebäude des Staates. Musik und Geist, so schien ihm, hätten die Straßen geformt und zu dieser Vollkommenheit gebracht.

Die von Harmonien erfüllte Luft ließ ihn denken, die sichtbare Stadt sei ein Vorwand und eine Maske für ein unsichtbares Reich. Jede Einzelheit gemahnte ihn an Göttliches.

Als er an den stillen Mausoleen, den Festbögen und den Tempeln vorbeiging, die in das blaue Licht dieser Dunkelheit getaucht waren, erblickte er in der sichtbaren Stadt einen Traum, der die Augen des Menschen täuschen sollte. Er meinte, alles Gesehene wäre nur sichtbar, um verschwinden zu können.

Die von Harmonien erfüllte Luft ließ ihn weiters denken, dass sie ihm eine Größe vorgaukelte, die er in goldenen Kuppeln, Erkerfenstern und wuchernden Palästen zu erkennen glaubte.

Als er diesen Gedanken an die Zerstörbarkeit all dieser Dinge weiter verfolgte, verwandelte sich für ihn die Stadt aus Stein in eine Stadt aus Wasser. Kurz darnach erschien sie gleich einem Reich neben dem tiefen Ozean. Ein Land, in dem das reine Sonnenlicht von unten hervorquillt, wohin die Erinnerung nicht reicht und wo lebende Augen niemals gewesen sind.

Drei

Er war nahe daran, seinem Begleiter eine Frage zu stellen, als ihm eine in der Luft schwebende Melodie sanft Schweigen gebot. Das Glühen, das mit ihm war und ihn umgab, beleuchtete den Weg.

Wie auf Silbertönen wandelnd, atmete er Wohlgerüche der Sanftheit ein und seine Ängste aus. Er schwamm in seinen Fragen. Noch nie hatte er sich so schwerelos gefühlt.

Die Stadt war eine Welt, und die Welt erzählte ihm Dinge, die er noch viele Jahren lang nicht verstehen würde.

Als er im Gehen seine Schritte hörte, fühlte er, dass diese Welt ihn aufforderte, stehen zu bleiben, um zu schauen, denn dann würde er über die Grenzen sehen; stehen zu bleiben, um zu denken, denn dann würde er verstehen; stehen zu bleiben, um zu versuchen, dem Geschauten Sinn zu geben, denn dann würde er wahre Gnade finden.

Vier

Nahezu unmerklich änderte sich die Szenerie. Im blauen Licht der Dunkelheit hatten die Dächer viel einheitlicher gewirkt, nun wurden unterscheidbare Formen erkennbar. Und doch, rund um ihn gab die Stadt ihre Körperlichkeit auf. Häuser schienen sich in Flüssigkeit zu verwandeln und wegzufließen, bevor er sie erreichte. Ein Pferd in der Ferne wurde zu Nebel, als er sich näherte. Brunnen lösten sich in Wohlgerüche auf. Paläste wurden leere Räume, in denen Bäume in Einsamkeit wurzelten.

Kathedralen wandelten sich zu freien Plätzen, süße Harmonien erfüllten die Luft.

Es mutete ihn merkwürdig an, dass die Gebäude der Stadt sich zu Ideen wandelten und Ideen, die in der Luft schwebten, scheinbar Stofflichkeit erlangten. Ein Haus der Gerechtigkeit wurde zu einer Stimmung in Grün. Der Duft von Rosen verwandelte sich in Statuen von fünf Afrikanern, die entlang der Straße standen. Die Melodie, die er zu summen begann, wurde zu einer gewaltigen Sonnenscheibe. Und eine glückliche Stimmung, die ihn überkam, verwandelte sich in die bedeutenden Grabstätten der Urmütter dieses Landes.

Fünf

„Welche Art von Ort ist das", fragte er beiläufig, „wo nichts ist, was es zu sein scheint?"

„Alles ist, was es scheint", antwortete der Begleiter. „Nur du bist nicht, was du scheinst."

„Was bin ich dann, wenn ich nicht bin, was ich scheine?"

„Das musst du sagen."

„Ich glaube, ich bin, was ich scheine."

„Was bist du dann?"

„Ein gewöhnlicher Mann an einem ungewöhnlichen Ort."

„Könntest du nicht ein ungewöhnlicher Mann an einem gewöhnlichen Ort sein?"

„Wie kannst du diesen Ort gewöhnlich nennen", schrie er seinen Begleiter an. „Alles verwandelt sich stetig in etwas anderes.

Ich dachte, ich sähe ein Pferd, aber als ich mich näherte, wurde das Pferd zu Nebel."

„Du sahst das Pferd im Nebel. Du hast richtig gesehen."

„Aber alles scheint zu flüstern."

„Du hörst das Flüstern."

„Die Luft ist erfüllt von Klängen."

„Die Luft ist immer von Klängen erfüllt."

„Sogar die Stille hat Melodien."

„Stille ist eine Art von Melodie."

„Und wo sind die Bewohner? Ist das eine leere Stadt? Gibt es hier niemanden?"

„Die Stadt schläft. Die Bewohner träumen."

„Du meinst also, das sei eine gewöhnliche Stadt?"

„Wie sie sein sollte."

„Und da ist nichts seltsam daran?"

„Nur die Seltsamkeit, welche die wenigen Besucher bringen, oder jene, welche die Bewohner fühlen wollen."

Er war still. Für einen Augenblick staunte er, weil er meinte, er könne seinen Begleiter lächeln hören.

Sechs

Er war eine Weile gegangen und hatte auf das Lächeln seines Begleiters gehört, als er vermeinte, die Stadt ein zweites Mal zu betreten. Er war scheinbar in den Ortsteil unmittelbar nach der Brücke zurückgekommen. Das Gefühl des orangegelben Jubilierens, das über ihn hinwegzog, ließ diesen Gedanken entstehen. Er sah nach oben und fand sich unter einem Triumphbogen stehen. Durch diesen war er zuvor gegangen, war sich dessen aber nicht bewusst gewesen, da er bloß auf die eigene Befindlichkeit geachtet hatte.

Dass er wieder in die Stadt ging, verwirrte ihn. Er schlenderte ihre schmalen Straßen hinunter, vorbei an Häusern mit Butzenglas-Fenstern und vorbei an dem Nebel, der zu einem Pferd wurde.

Als er sich umwandte und sah, wie das Pferd zu Feuer wurde, schrie er.

Sein Begleiter lächelte. Er empfand sein Lächeln als warmes Licht, als sanfte Flamme.

Die Melodien in der Luft wurden zu etwas, das seinen Körper entweder kühlte oder erhitzte. Manche Melodien ließen ihn fast erzittern.

Häuser, an denen er vorbeigegangen war, Landsitzen nachempfunden und mit makellosen Karyatiden geschmückt, zerstoben in leuchtende Flammen, sobald er zurückschaute. Die Luft war feuergefüllt. Die Straße begann zu brennen. Die Brunnen spien goldene Flammen. Gelbe Feuer brachen aus Kirchen hervor. Und das Haus der Gerechtigkeit war ein blauer Schmelzofen, der mit unbeeinflussbarer Kraft in die ungerührte Nacht hinaus brannte.

Die goldenen Kuppeln waren sich majestätisch drehende Feuerbälle, die Paläste auf den Hügeln ein Flammentanz in Regenbogenfarben. Und die Kirchtürme, die wie goldblaue Schwerter der Weißglut zu den Gestirnen zeigten, glänzten in der Luft.

Das scheinbar göttliche Feuer berührte und verschlang alles. Für einen langen Moment verschlug es ihm den Atem.

Der Jadedrachen, der vom Säulengebälk eines Bankgebäudes herabblickte, schien mit sanfter Lohe zu brüllen. Banken glühten silbrig und golden. Die Straßen, wie ein flammender ultramarinblauer Fluss, strömten unter ihm. Und trotzdem wurde er nicht verzehrt. Statt dessen überkam ihn eine glückliche Stimmung, eine Stimmung freudvoller Glut und göttlichen Schreckens.

Erst hatte er eine Stadt aus Stein betreten, dann eine aus Wasser. Nun lernte er sie als Stadt aus reinstem Feuer kennen.

Sieben

Nach einer Weile merkte er, dass das reine Feuer der Stadt etwas in ihm selbst wegbrannte. Er atmete Feuer ein und begann, die Welt anders zu sehen.

Er sah eine beleuchtete Welt, die ein lebendes Gemälde war. In der belebten Malerei erblickte er blaue Häuser, gelbe Bäume, schwarze Blumen, goldene Bauern auf ihren diamantenen Feldern, blaue, rote und gelbe Erde, gelbe Reiter auf blauen und gelben Pferden, aquamarinfarbene Vögel und eine smaragdfarbene Dämmerung.

Die Welt war in Farben entflammt. Die Welt war farbtrunken. Er selbst bestand nur aus Farben.

Die Straße war jetzt aus gebranntem Siena. Die Statuen waren zinnoberfarben. Die Brunnen spien glitzerndes Wasser, das zu lächeln schien. Die Sterne wurden grün. Die Erde wurde zu Topas. Und die Luft war ozeanblau.

Er atmete die Farben ein, verblüfft über die vielen Städte, die in dieser einen Stadt versteckt waren.

Acht

Beim tiefen Einatmen der Farben der Luft merkte er, dass das Leuchten, das ihn umgab, sich zu regen begann.

„Was ist das erste Gesetz dieses Ortes", fragte er seinen leuchtenden Begleiter.

„Das erste Gesetz unserer Stadt", sagte der Begleiter mit einem fast ironischen Lächeln in seiner Stimme, „ist, dass das, was du denkst, Wirklichkeit wird."

Er dachte darüber nach, während er die Brunnen passierte und an den Feldern der tanzenden Farben entlangging, an denen er schon einmal vorbeigekommen war.

„Heißt das, wenn ich mir einbilde, ich sei bereits ein zweites Mal am gleichen Ort, dass es dann auch wirklich so ist?"

„Ja."

„Wenn es mir aber nicht bewusst ist, dass ich ihn das zweite Mal betrete?"

„Das bedeutet, du warst dir dessen beim ersten Mal nicht bewusst. Alles, was dir nicht aufgefallen ist, musst du noch einmal erleben."

„Warum?"

„Wenn es dir nicht aufgefallen ist, dann warst du nicht dort. Du hast es nicht erlebt."

„Wenn ich es aber beim zweiten Mal wahrnehme?"

„Dann hast du es einmal erlebt. Das Gesetz ist einfach. Jede

Erfahrung wird so lange wiederholt oder erlitten, bis du etwas wirklich und bewusst zum ersten Mal erlebst."

„Warum ist das so?"

„Das ist eine der Grundlagen unserer Zivilisation. Am Beginn unserer Geschichte herrschte großes Leid. Unsere Weisen haben gelernt, dass wir unsere Leiden wiederholen müssen, solange wir nicht vollkommen erfasst haben, was daraus zu lernen ist. Und so mussten wir unsere Leiden zur Gänze erfahren, während sie immer wieder geschahen. Das Leiden ist so tief in unserer Erinnerung und in unserer Sehnsucht nach höherem Leben verhaftet, dass wir dieses Leiden niemals wieder erfahren wollen, in welcher Form auch immer. Daher das Gesetz. Jeder, der während seiner Erfahrungen schläft, würde sich ihnen so oft unterziehen müssen, wie es braucht, um sie aufzuwecken, um ihre Gültigkeit oder ihren Schrecken wie ein erstes Mal zu erleben. Dieses Gesetz ist die Grundlage unserer Zivilisation, ein permanentes Gefühl von Wunder im Stillstand der Zeit."

„Steht Zeit still."

„Bewegt sich Zeit?"

„Ja."

„Wohin?"

„Weiß ich nicht."

„Hast du gesehen, wie sie sich bewegt?"

„Ja."

„Wo?"

„Auf einer Sonnenuhr."

„Das ist das Maß einer Bewegung. Zeit selbst ist unsichtbar. Sie ist kein Fluss. Während du in der Zeit bist, steht die Zeit still. Wie auf einem Gemälde."

„Aber der Tag wird zur Nacht."
„Ja."
„Also bewegt sich die Zeit."
„Nein. Der Planet bewegt sich. Die Zeit steht still."
„Ich verstehe nicht."
„Das liegt daran, dass du deine Gedanken zu viel bewegst."
„Was ist dann das zweite Gesetz dieses Ortes?"
„Wenn du dieses Wissen brauchst, wirst du es herausfinden."
„Du bist ein schwieriger Begleiter."
„Warte, bis du die anderen triffst."
Mit dieser Bemerkung fiel sein Begleiter wieder in Schweigen.

Neun

Während er ging, hatte er seinem Begleiter und den Farben in der Luft gelauscht, aber der ihn umgebenden Welt nicht viel Aufmerksamkeit gewidmet. Er hatte nicht bemerkt, dass er so manches, an dem er vorbeiging, schon gesehen hatte, ohne sich dieser Wiederholung bewusst zu sein. Die Reise schien endlos.

Er sah die apfelgrünen Türme und nahm das Pferd als weißen Nebel auf einer fließenden Wolke wahr. Erneut fühlte er sich schwerelos. Er sah verschreckt um sich, als wäre er unsanft aus dem Schlaf geweckt worden, aus einem Traum in einem Gemälde. Die glänzenden roten Türme zitterten im blinkenden Silberlicht der Sterne. Der große Dom, jetzt kaum sichtbar unter den Wolken, war ein sich drehender Wirbel aus Gelb und Rosa. Die Straße floss. Die Stadt schien eine große Insel auf einer Wolke zu sein. Die entfernten Hügel waren weggetrieben. Die Kathedrale mit ihren Glasfenstern war ein Gesang aus glänzenden Smaragden. Er sah, dass die Stadt in der Luft war, und ihn schwindelte.

Erstmals kam es ihm so vor, als ginge er nicht bloß durch eine Stadt, sondern durch ganze Reiche, durch gewaltige Räume.

Sein Begleiter sagte:

„Erst wenn du aufhörst, Wirklichkeit zu erfinden, siehst du die Dinge, wie sie wirklich sind."

Er sagte: „Scheinbar kann ich damit nicht aufhören."

Sein Begleiter antwortete: „Es gibt eine Zeit, um Wirklichkeit zu erfinden, und es gibt eine Zeit, um gelassen zu sein. Am Tor zu jeder neuen Wirklichkeit musst du ruhig sein, sonst kannst du nicht mit Gelassenheit eintreten."

„Wie lerne ich gelassen zu sein?"

„Niemand kann dich solche Erfahrungen lehren. Du musst sie selbst lernen."

Zehn

Sein Begleiter machte eine Pause und sagte dann vertrauensvoll, als wäre er sich der verschwenderischen Großzügigkeit dessen, was er weitergab, bewusst:

„Fällt dir auf, dass du mehr weißt, als du zu wissen glaubst? Fällt dir auf, dass es fast nichts gibt, das du nicht tun kannst, wenn du alles, was du weißt und alle Möglichkeiten in dir gebrauchst? Noch bedeutender ist Folgendes: Wenn du mehr von dem gebrauchst, von dem du zu wissen meinst, dass du es tatsächlich weißt, wird die Welt ein Paradies sein. Was wir wissen, ist im Vergleich zu dem, was wir nicht wissen, wie ein Sandkorn neben einem Berg. Was wir aber nicht wissen, ist unermesslich, das sind unsere ungeahnten Möglichkeiten. Das ist unsere wahre Macht und unser Königreich. Wenn Völker Erstaunliches leisten, dann deshalb, weil sie aus dem schöpfen, was sie wissen. Und das ist eine Menge. Wenn sie Außergewöhnliches leisten, dann deshalb, weil sie aus Quellen in sich selbst schöpfen, deren Vorhandensein sie nicht geahnt haben. Aber wenn es einem Volk oder einem Einzelnen gelingt, durch den Genius der Lust und des Erfindungsreichtums Dinge zu schaffen, die so wunderbar sind, dass sie bisher selbst von den besten Denkern weder gesehen, wahrgenommen noch erkannt wurden, dann konnte dies deshalb geschehen, weil ein Volk oder ein Einzelner stets aus großen unbekannten Quellen in sich zu schöpfen vermag. Sie schöpfen immer aus dem Jenseitigen. Sie machen die unentdeckten Quellen und Unendlichkeiten in sich zu ihren Freunden. Sie leben in den unsichtbaren Gefilden ihres versteckten Genius. Und deshalb sind ihre ganz gewöhnlichen Leistungen immer mit Genius behaftet. Ihre gewöhnlichsten Leistungen sind es, welche die Welt sieht und mit Beifall begrüßt. Aber ihre außergewöhnlichsten Leistungen sind ungesehen, unsichtbar und können daher nicht zerstört werden. Sie bestehen ewiglich. Das sind Traum und Wirklichkeit dieses Landes. Ich spreche mit Demut."

Elf

Sein Begleiter lächelte nun zum letzten Mal – ein Lächeln, dem ein langes Schweigen folgte. Davor aber sagte er:

„Alles, was du sehen wirst, ist das Geringe, das zugrunde gehen soll. Das Wichtigste siehst du nicht. Unser Bestes ist die Unsichtbarkeit unseres Reiches. Es hat uns viel Leiden, vielfaches Leiden gekostet, wir begingen viele Fehler und Dummheiten, und es bedurfte großer Geduld und außerordentlicher Liebe, um diesen Zustand zu erreichen. Doch Veränderungen kommen. Du bist ihr Bote. Wir haben seit langer Zeit kein sichtbares Wesen hier gehabt. Veränderungen können schrecklich sein, Katastrophen hervorrufen. Aber alles ist vorhergesagt worden. Die Veränderungen können Illusion sein, der unsichtbaren Macht gleichsam als Entschuldigung dienen, um auf höherer und verdeckter Ebene weiterzuwirken. Ohne diese Veränderungen neigen wir zum Vergessen."

Plötzlich verstummte der Begleiter, setzte dann, ebenso plötzlich, wieder fort:

„Nun gut, da du eben dabei bist, unser Reich zu betreten, und ich dich vielleicht nicht mehr wiedersehe, lass mich dir zwei Botschaften mitgeben: Die erste ist, dass ein großes Gesetz den Aufstieg und den Fall der Dinge lenkt. Was von großer Bedeutung ist, wächst und wächst in seiner Wirkung weiter. Verzweifle nicht zu sehr, wenn du siehst, wie Schönes vergeht oder zerstört wird. Denn das Beste gedeiht stets im Geheimen. Wir haben die Kunst entdeckt, uns in Unsichtbarkeit zu entwickeln. Der nächste Schritt wird darin bestehen, frei von allem Sichtbaren zu werden. Dann werden wir zu einer hehren Macht im Universum. Deshalb verzweifle nicht, wenn du Tod siehst. Nichts stirbt wirklich. Die ungeschauten Dinge sind unsere Meisterwerke, die geschauten bloß Nebenprodukte. Was wie ein Sieg scheint, könnte eine Niederlage sein. Was wie eine Niederlage scheint, könnte ein Sieg sein, ein ewiger Sieg des Lichts.

Zwölf

Er war überwältigt von dem, was ihm sein Begleiter offenbart hatte.

„Du hast mir viel erzählt", sagte er demütig.

Sein Begleiter antwortete: „Nein, ich habe dir weniger als nichts erzählt. Vergiss, was ich sage, dann wirst du dich vielleicht erinnern. Denn die Erinnerung wird sehr tief in deinem Geist verankert sein."

Der Begleiter pausierte und sagte dann: „Die zweite Botschaft, die ich dir mitgebe, ist folgende."

Der Begleiter füllte den Raum mit dem warmen, leuchtenden Glühen seines unsichtbaren Lächelns, er schien tief Atem zu holen, wie für eine große Rede. Aber er blieb still. Die Stille veränderte die Farben rundum. Die Stille schien ewig weiterzugehen, Welle auf Welle.

Nach einer Weile, eingesponnen in diese Stille, wurde ihm bewusst, dass das Glühen, das sein Begleiter war, nicht mehr gegenwärtig war. Der Raum um ihn war frei von dieser überstarken und leuchtenden Persönlichkeit, dieser Gegenwart aus Gold. Sein Begleiter sprach nicht mehr. Sein Begleiter war gegangen.

Buch drei

Eins

Er war allein. Selten hatte er sich so einsam gefühlt. Nur langsam erholte er sich von dem stillen Abgang seines Begleiters und fand sich überraschend wieder vor dem großen Tor der Stadt.

Mehrmals musste er schon durch das Tor gegangen sein, aber nun tat er es das erste Mal bewusst. Das imposante Tor, geschmückt mit Gold, Diamanten und blitzenden Stahlornamenten, ragte hoch in die Wolken. Es hatte gewaltige Ausmaße, als wäre es für Giganten geschaffen. Gerne hätte er gewusst, wie er das Tor hatte mehrmals durchschreiten können, ohne es zu bemerken.

Nun, als er sich des Tores bewusst war, vermochte er sich nicht zu bewegen. Gekrönt von einem gigantischen Drachen mit feurigen Augen, Metallklauen und fantastischen Flügeln, ausladend gleich einem Dach, war das Tor wahrlich erschreckend. Diesem Schrecken wohnte jedoch Schönheit inne. Diese Schönheit steigerte die Angst.

Entlang der Gitter, der Metallbänder und in den Nischen befanden sich vergoldete Figuren, Darstellungen von alten Helden, Ungeheuern und Köpfen, umgeben von einem Netzwerk aus Spinnen und Schlangen. All diese Figuren starrten ihn drohend an.

Das Tor schien so voll von Andeutungen, dass er nicht sicher war, was er tun sollte. Er fühlte, dass er kein Recht hatte, dieses Tor zu durchschreiten. Er fühlte, dass es einer Erlaubnis bedurfte. Und doch stand das Tor weit offen, und niemand war zu sehen.

Zwei

Als er das harmonisch angeordnete Bestiarium des Tores eingehend betrachtete, entdeckte er hoch oben eine metallene Rolle, gehalten von einer der Pfoten des geflügelten Drachens. In das Metall waren Tiere und Fabelwesen einziseliert: ein Hai, ein Delphin, ein Löwe, eine Sphinx, ein Phönix, ein Adler und ein Greif. Weiters entdeckte er auf ihr seltsame Tiefseekreaturen mit sieben Augen.

Eine bronzene Lampe überragte die Rolle. Sie leuchtete in der Dunkelheit, sandte Licht aus, ohne Schatten zu werfen.

Auf der Rolle standen Worte in einer Sprache, die er nicht entziffern konnte, der Sinnspruch des Tores. Er versuchte angestrengt, die Worte zu lesen, ihre Bedeutung zu verstehen, doch je länger er auf die Schrift sah, desto mehr Dinge schienen sich rund um ihn aufzulösen und zu verändern. Schließlich war er überzeugt, das Tor selbst wäre ein Lebewesen, ein Monster aus Erz. Mehr noch, er war überzeugt, das Tor bewege sich und beuge sich zu ihm herab.

Drei

Er konnte sich noch immer nicht bewegen. Angezogen von den Worten, war er unfähig zu denken. Ihm war, als zischten und krümmten sich die Wasserspeier und die Lapislazulischlangen, als spiee der Riesendrache unsichtbares, verschlingendes Feuer, als schwänge er seine fabelhaften Flügel.

Dann begann, zu seinem Schrecken, die Toröffnung, durch die er gehen sollte, zu heulen.

Der Wind war von Rätseln, Hinweisen und Warnungen geschwängert, die rund um seinen Kopf geflüstert wurden. Eine seltsame Hitze brannte in seinen Augen.

Die Toröffnung war furchteinflößender als das Tor selbst. Und furchteinflößender als die Öffnung waren die unentzifferbaren Worte.

Er wusste, blieben ihm die Worte fremd, würde er niemals die Stadt betreten können. Er wusste, es muss ihm gelingen, das Rätsel des Tores zu lösen. Nur dann bekäme er das Recht, in diese fremdartige Sphäre einzutreten. Aber wie zuvor bei der Brücke und beim Überqueren des Abgrundes wusste er auch, die Gefahr würde größer, je länger er zögerte. Bloß diesmal stand ihm kein Begleiter zur Seite, der ihm das wahre Ausmaß der drohenden Prüfung hätte erklären können.

Vier

Er verharrte vor dem Tor in einem Zustand wachsender Furcht, als er knapp über sich eine Reiterfigur sah, die eine mächtige Axt erhoben hielt. Die Axt schwebte über seinem Kopf. Er wollte zurückweichen oder zur Seite springen, aber er konnte nicht.

Er geriet in Panik, begann zu zittern. Fremdartiges umgab ihn; er fühlte, dass eine nicht genauer bestimmbare Nähe und nebelhafte Formen ihn bedrängten, ihn in die Dunkelheit drückten. Unfähig, seine Unwissenheit zu meistern, unfähig zu atmen, unfähig zu denken, erschauerte er. Er meinte, die ganze Welt bebe mit ihm.

Grauer Nebel bedeckte seine Augen. Sein ganzes Sein war ein Zittern, begleitet von unkontrollierbarer Angst, die gleichzeitig schön und demütigend war. Er löste sich darin auf. Er fühlte sich gleich einem Kind, ausgesetzt auf der höchsten Spitze eines Berges oder in den Weiten eines unendlichen Meeres oder in tiefster Nacht in einem lichtlosen Universum. Tränen liefen seine Wangen hinab, er weinte wie ein Kind, er zitterte, ohne zu wissen, warum. Das Geheimnis des Windes, der durch die abweisende Öffnung des großen Tores wehte, ließ ihn erbeben.

Fünf

Je mehr er zitterte, desto heller leuchtete die bronzene Lampe und desto klarer wurden die Worte. Sie schienen ein Gesetz zu sein, das er sein Leben lang gekannt hatte, ein gnadenloses Gesetz, das seine eigene Strafe schafft, wenn es vergessen wird. Diese Bestrafung bestand in der völligen Ächtung der am Tor wartenden Person, solange sie nicht das Gebot der Worte erfüllt hat. Darnach war es nicht länger nötig, die Bedeutung des Gesetzes zu kennen, denn die Person war zu diesen Worten geworden, war gleichsam ihre Verkörperung.

Zitternd in der ihn umgebenden Leere, wurde auch er zu diesen Worten. Er war davon überzeugt, dass die Axt des Reiters im nächsten Augenblick seinen Schädel spalten werde und dass der bedrohlich leere Raum gänzlich von seinen Gedanken Besitz ergreifen und die undeutlichen Formen ihn mit ihrer göttlichen

Bedrohung treffen würden. Doch bevor es dazu kam, fühlte er sich fallen. Aber diesmal fiel er auf den Boden. Er sprang auf, sobald er den kalten Marmor der Straße berührte.

Er staunte, denn als er um sich blickte, war das Tor verschwunden. Eine Stimme ersetzte das Tor, die Stimme eines Kindes, eines kleinen Knaben. Und der Knabe sagte mit seltsamer Kälte:

„Ich bin dein neuer Begleiter. Ich bin gesandt, um dich zum Platz zu führen."

Auch der Knabe war unsichtbar. Zitternd und befangen von dem eben Erlebten, in einem Zustand der völligen Demut und Dankbarkeit, folgte er seinem neuen Begleiter durch das für ihn unsichtbar gewordene Tor in die Stadt.

Sechs

Diesmal sah er die Stadt, wie er sie nie zuvor gesehen hatte. Nicht die Bauten sah er, er sah, was nicht hier war. Das Zittern hatte ihn zu einer neuen Empfindsamkeit geführt. Er sah die Lebendigkeit der Räume. Er sah das in der Dunkelheit verborgene Licht. Er hörte das Schweigen in seinen Ohren. Er ging vorsichtig, Schritt für Schritt, in der Stadt umher. Aufmerksam nahm er ihren Kosmos wahr, aufmerksam wie nur Ängstliche oder Demütige es sind. Sein neuer Begleiter war still und erklärte nichts.

Er ging durch die Stadt aus empfindsamem Stein, und sogar das Schweigen des Kindbegleiters half ihm zu verstehen, dass die Stadt auch ihn beobachtete. Die Stadt horchte. Er konnte ihr Lauschen hören.

Die Straßen leuchteten in der Dunkelheit. Er vermutete, dass die aus Marmor gefertigten Straßen mit jener Schönheit gepflastert waren, wie sie nur sehr weise Menschen aus ihrem Leiden erschaffen können. Leid war Inhalt aller Schönheit. Es war Teil der unendlichen Sorgfalt, mit der die Stadt im Hinblick auf ihre Makellosigkeit geplant worden war.

Überall waren die Vorbilder der Bauten erkennbar. Viele Häuser hatten die Form von Korallenriffen. Viele schienen in etwas Fließendes hineingebaut zu sein. Die sie umgebenden Pflanzen erinnerten an eine Unterwasserfauna und in rhythmischen Abständen spien Brunnen Wasser. Die Stadt war aus Stein und Feuer, aber der wahre göttliche Hauch war das Wasser.

Die Gebäude waren wuchtig, aber friedlich. Festungswälle und strategische Zinnen sollten bloß Wehrhaftigkeit vortäuschen. Er fühlte, dass die festgefügten Fassaden, die martialischen Linien, die massiven Häuser und die quadratischen Dächer zwar nach außen hin beeindruckten, in ihrem Inneren jedoch Gärten verbargen, in denen Friede herrschte.

Dieser Ort verstand, das Gute zu zeigen, das Beste aber im Verborgenen zu belassen.

Sieben

Deshalb sah er die Stadt als verzweigtes Netz aus Gedanken. Gerichtshöfe waren keine Orte der Gerichtsbarkeit, man suchte sie auf, um die Gesetze zu studieren. Menschen gingen in die Bibliothek, um ihre Gedanken, ihre Träume, ihre Erkenntnisse, ihre Ideen, ihre Erinnerungen und ihre Ahnungen aufzuzeichnen. Die Bibliothek war kein einzelnes Gebäude, sie erstreckte sich über die ganze Stadt. Und die Benützer arbeiteten dort, um weiser zu werden. Bücher waren nicht zum Ausleihen da, sie wurden dort geschrieben und aufbewahrt.

Universitäten dienten der persönlichen Vervollkommnung, der Erziehung zum besseren Leben. Jeder lehrte jeden. Alle waren Lehrer, alle waren Studenten. Weise lauschten mehr, als sie redeten, und ergriffen sie das Wort, dann nur um Fragen zu stellen, um jüngere Generationen zu grundlegenden und wesentlichen Entdeckungen hinzuführen.

Universitäten und Akademien wurden besucht, um zu meditieren und um Wissen aus der Stille aufzunehmen. Forschung war eine immerwährende Tätigkeit. Alle waren Forscher, alle wandten die Früchte der Forschung an. Die geheimen, vereinigenden Gesetze allen Seins sollten entdeckt, der Geist vertieft, die Empfindsamkeit der Individuen und des Universums geweckt und dadurch kreativer werden.

Liebe war an den Universitäten der wichtigste Gegenstand. Ganze Fakultäten dienten der Kunst des Lebens. Die Gesellschaft widmete sich einem einfachen Ziel, der Vervollkommnung des Geistes und der Bewältigung des Lebens.

Acht

Ein Hauch von Ewigkeit lag über allem, wie Blumenaroma im Frühling. Der Duft kam nicht von den Gebäuden, den Kirchen, den regelmäßig angeordneten Straßen, den ockerfarbenen Dachfirsten am Horizont, auch nicht aus den verborgenen Gärten. Duft war Teil des Raums: Es war, als würde sich die Stadt ständig neu beleben durch eine Brise, die ein unter den Arkaden versteckter Gott aussandte.

Neun

Er war erstaunt, denn plötzlich kam ihm, ohne zu wissen, woher, die Idee, Banken seien Orte, an denen Menschen Gedanken des Wohlergehens einlegten oder abhoben, Gedanken des Reichtums, Gedanken der Ruhe. Waren Menschen krank, gingen sie zu ihren Banken, waren sie gesund, gingen sie ins Spital.

Spitäler waren Orte des Lachens, der Unterhaltung, der Erholung. Sie waren Häuser der Freude. Ärzte und Krankenschwestern hatten die Gabe des Humors, und alle mussten irgendeine Kunst besonders beherrschen.

Das Aussehen der Stadt war einzigartig. Die Spitäler gehörten zu den schönsten und harmonischsten Gebäuden. Die Fassaden waren von großen Meistern gestaltet. Ihr bloßer Anblick beflügelte den Geist.

Die Herren des Landes waren der Meinung, Krankheit sollte geheilt werden, ehe sie zur Krankheit wurde. Deshalb galten die

Gesunden als krank. Heilung war immer geboten und wurde ein notwendiger Teil des Alltagslebens. Die Therapien waren stets von sanfter Musik begleitet. War Heilung vonnöten, hielten sich die Kranken in der Nähe großer Gemälde auf oder saßen in Krankenstationen, in denen vollendete Musikstücke mit heilender Wirkung piano gespielt wurden. Aktivitäten im Freien, Bildhauerei, Geschichtenerzählen, Poesie und Lachen waren die bevorzugten Formen der Behandlung. Das Meer zu betrachten und den Ursprung des Volkes und seine Bestimmung zu kennen, galt als das beste Heilmittel gegen aufkeimende Krankheiten.

Die Einwohner dieses Landes waren selten krank, obwohl sie die eifrigsten Arbeiter waren. Wenn sie überhaupt krank waren, dann nur, um ihre Träume und Visionen zu erneuern.

Sie gingen in Spitäler, um die Kunst des Atmens zu verbessern. Sie gingen der Ruhe wegen. Sie gingen dorthin, um sich ihrer Anfänge zu erinnern und ihre schwer fassbare Bestimmung im Gedächtnis zu behalten. Spitäler waren Orte, an denen die Gesetze des Universums angewandt wurden. Die Individuen heilten sich großteils selbst. Die Kunst der Selbstheilung war ein weiterer überaus bedeutsamer Aspekt ihrer Erziehung.

Zehn

All das verstand er blitzartig, als er an den beeindruckenden Gebäuden vorbeiging und die unentzifferbaren Zeichen las. Er ahnte, dass er, ohne es zu wollen, mehr verstand, als ihm bewusst war. Zu all dem schwieg sein Kindbegleiter.

Der Unsichtbare ging an Geschäften vorbei, in denen Menschen die Früchte ihrer Talente tauschten, anstatt Waren gegen Geld. Der Handel mit Geld war unbekannt. Das einzige anerkannte Zahlungsmittel war die Qualität der Gedanken, Ideen und Möglichkeiten. Mit einer guten Idee konnte ein Haus gekauft, mit einem herausragenden Gedanken ein Dach restauriert werden. Neue Sichtweisen, genutzte Möglichkeiten tauschte man gegen Land. Die Währung bestand aus ideellen Werten. Es gab keinen Hunger. Der einzige Hunger lag im Traum der Stadt nach einer trefflichen Zukunft.

Als er dies erkannte und sich zu eigen machte, wollte er jenes Leiden kennenlernen, das die Grundlage für die unergründliche Frage nach dem Höchsten bildete, das sich in liebevoller Zuneigung und vollkommener Gerechtigkeit ausdrückte. Er kam zu der Ansicht, dass es sich um ein Leiden handeln müsse, das in der Seele verharrt, diese dabei ununterbrochen verändert, um sie zum Zustand der Vollendung zu führen.

Der Gedanke ängstigte ihn. Er wusste, dass die Einwohner auch menschlich waren. Er wusste, sie hatten die Kunst der Unsichtbarkeit zur Vollendung geführt und konnten von ihm nicht gesehen werden. Er begann sich zu fragen, ob sie Götter wären oder ob sie als Volk durch spirituelle und soziale Evolution gottähnlich wurden. Die Möglichkeit, dass ein ganzes Volk sich in seiner Menschlichkeit dem Zustand der Göttlichkeit annäherte, erschreckte und verwunderte ihn. Der Gedanke, dass Leiden den Menschen den Blick auf den Schnittpunkt von Leben und Ewigkeit freigab, erfüllte ihn mit Staunen.

Elf

Während er einen Augenblick innehielt, um zu atmen, versuchte er, sich von den wundervollen Eindrücken zu erholen, mit denen die Stadt ihn bestürmte.

Er kam zum Festplatz. Sogar nachts konnte er all die Feierlichkeiten der vergangenen Zeitalter hören, von denen die Steine, die Brunnen und die schweigenden Gebäude träumten. Er wanderte durch die Erinnerungen des Platzes und sah die Festspiele, Geschichten und Festivitäten. Trotz der nach außen zur Schau gestellten Stille schien der Platz immer in Karnevalsstimmung zu sein und unaufhörlich zu lachen.

Alles in der Stadt erinnerte sich und die Erinnerungen erblühten gleich Blumen im Mondlicht.

Zwölf

Heiter gestimmt ging er durch die Arkaden und über die Marktplätze. Dorthin begaben sich die Unsichtbaren, um Ideen zu kaufen und zu verkaufen. Hier handelten sie mit Philosophien, Inspirationen, Intuitionen, Prophezeiungen, Paradoxons, Rätseln, Visionen und Träumen. Rätsel waren ihre Schmuckstücke,

Philosophien ihre Juwelen, Paradoxons ihr Silber, Klarheit ihr Maß, Inspiration ihr Gold, Prophezeiungen ihre Sprache, Visionen ihr Spiel und Träume ihr Vorbild.

Besonderer Beliebtheit erfreuten sich Paradoxons, und der Marktplatz war auch nachts überfüllt mit frisch geprägten Paradoxons und alten Rätseln aus den entferntesten Ecken der Welt. Die Luft duftete darnach. Rätsel zwinkerten mit glänzenden Augen über den Simsen der Arkaden wie Eulen beim Spiel. Paradoxons flogen in den Warenhäusern herum gleich Vögeln der Freude. Rätsel tanzten an dunklen Orten wie glückselige Glühwürmchen. Aufregende Lichter wühlten seinen Geist auf. Bebend erlebte er eine Art spannender, neuer Kindheit. Zum ersten Mal seit seiner Ankunft lächelte er.

Dreizehn

Er lächelte immer noch, während er an den Auktionshallen und den Marktplätzen der Ideen vorbeiging. In der Ferne sah er ein langgestrecktes Glühen, das sich auf ihn zu bewegte und die Nacht samtig machte.

Die Luft war warm und roch nach alten Steinen. Sie roch auch nach Marmor und nach Ruhe, die Jahrhunderten der Wirrnisse folgt, und erstaunlicherweise roch sie auch nach duftender Erde. Er vermutete, dass eine göttliche Mutter über die nächtliche Stadt herrschte. Ihre Gegenwart war so beschützend wie dauerhaft.

Er vermeinte, durch die warme Luft zu fließen. Aufgewühlt durch den Klang der Rätsel, beunruhigte ihn das näher kommende Glühen. Es glich einem Omen. Als es in Sichtweite war, konnte er vier leuchtende, himmelwärts gerichtete Lampen in der Luft unterscheiden, die sich mühelos bewegten und würdevoll dahinglitten. Das Durch-die-Luft-Gleiten der Lampen hatte etwas Zeremonielles an sich, ihr helles Licht warf keine Schatten.

Feierlich erklang Lautenmusik. Die Dunkelheit schien von den rituellen Tönen überwunden zu werden. Die Musik klang traurig wie bei einem Begräbnis. Er lauschte und eine besinnliche Stimmung ergriff ihn. Darnach ließ ihn eine zarte Brise erbeben. Ihm war, als wäre er vom Schicksal berührt worden.

Das Glühen wandelte sich zu einer Art von Bahre. Flach auf dieser Bahre, wie tot, lag eine in Weiß und Gold gekleidete Frau. Ihre hingestreckte Gestalt glitzerte in der Nacht. Sie blendete mit Schmuckstücken – Münzen, die keinen Wert im Alltag besitzen – und funkelnden Juwelen. Ein glänzendes Dreieck aus Licht umstrahlte ihren Kopf. Um sie gewickelt, wie vom Wind drapiert, ein Tuch aus Musselin. Blumen wanden sich um ihr fließendes Haar, Blumen zwischen ihren Brüsten und um ihre Beine. Sie war sehr schön, ähnelte einem verlorenen Engel. Tiefe Traurigkeit hob ihre Schönheit hervor. Unbeschreibliches Licht umgab sie, die einer Prinzessin glich, welche zu ihrem nächtlichen Bräutigam oder zu ihrem vergoldeten Ruheplatz unter dem duftenden Marmor eines königlichen Grabes getragen wird.

Rund um die Bahre wurden verhaltene Begräbnisgesänge intoniert, die im Gegensatz zum Klang fröhlicher Lauten standen. Das Wesen lag auf der Bahre, in der Luft schwebend, und nichts hielt sie hoch außer der Nacht und dem schicksalhaften

Wind. Die süße Trauermusik verwandelte die Luft rundum, klang sanft zurück von den lauschenden Steinen und den alten Häusern.

Erfüllt von Neugier trennte er sich von seinem unsichtbaren Begleiter und folgte der schwebenden Bahre. Fasziniert starrte er auf das erste sichtbare Wesen, das ihm seit seiner Ankunft begegnet war.

Als er sie mit großen Augen erstaunt betrachtete, öffnete die Frau plötzlich ihre Augen. Sie erblickte ihn und schrie gellend in die Nacht hinaus. Die Schritte, die rund um die Bahre hörbar waren, gingen weiter, und sie glitt schneller durch die Nacht. Auch die Musik wurde schneller. Der Trauergesang folgte seinen ihm vorgegebenen Gesetzen.

Er lief dem Wesen nach. Sie hatte sich auf der mit Goldbrokat und schwerem, grünem Samt ausgeschlagenen Bahre aufgesetzt. Blumen rannen ihr über das Gesicht wie Tränen. Ängstlich und traurig starrte sie ihn an. Als er ihr nahe genug gekommen war, sagte er:

„Wohin bringen sie dich?"

Sie erschrak, als sie seine Worte hörte. Er stellte die Frage nochmals. Diesmal verstand sie ihn deutlich, und ein Seufzen entstieg ihren Lippen. Dann klagte sie mit trauriger Stimme:

„Ich gehe dorthin, wo ich Menschen sehen kann und wo Menschen mich sehen."

„Wie meinst du das?"

„Ich gehe dorthin, wo ein wenig Illusion ist." Sie setzte ihr Klagen fort.

Er war bestürzt.

„Zu viel Schönheit ist schlecht für die Seele", sagte sie. „Ich will Illusion. Ich will Hässlichkeit. Ich will ein wenig Leiden. Ich will sichtbar sein."

„Aber ich kann dich sehen", rief er.

„Das liegt daran, dass ich weggehe. Außerdem bist du der Einzige, der mich sehen kann."

„Warum?"

„Du bist verdammt."

„Wie?"

„Verdammt, oder ein Überbringer von Verdammnis."

Er hörte auf, ihr nachzulaufen. Er war etwas außer Atem und ein wenig befremdet.

„Hoffentlich treffe ich in meinem Leben nie mehr wieder einen Menschen wie dich", schrie sie, als wäre sie verrückt.

„Ich will sichtbar sein!", klagte sie. „Ich möchte gesehen werden!"

Er beobachtete, wie die Bahre kleiner wurde. Sein Begleiter, der ihn inzwischen eingeholt hatte, sagte mit kühler Stimme:

„Willst du weiter über den Platz gehen, oder willst du ihr folgen?"

Die Bahre blieb vor einer großen Gruppe von Marmorsäulen stehen. Staunend sah er, wie sie in einem Tempel aus glänzendem Granit verschwand. Ihr Klagen war verstummt. Die Musik war sanfter, das Singen wurde schöner und dabei schwächer.

Bevor sie völlig seinen Blicken entzogen war, meinte er gerade noch ihr Lächeln zu sehen. Könnte auch sie ein Paradoxon sein? Ihm war, als würde er mit ihr irgendwann in einer fernen Zukunft in einem anderen Reich wieder zusammentreffen.

Er setzte seine Reise zu dem Platz fort, während ihm erstmals bewusst wurde, dass sein Begleiter die ganze Zeit mit ihm in Kontakt gewesen war. Das unentwirrbare Mysterium der Nacht ergriff von ihm Besitz, er meinte, es tief in seinem Innersten zu fühlen.

Vierzehn

Unaussprechliche Freude ließ ihn schweben, als er zu einem Platz kam. Die samtig leichte Luft, der alte Palast, geradlinig und traumhaft, sie schienen herübergekommen zu sein aus dem glücklichen Reich vergessener Kindheit. Er konnte sich nicht erklären, was der Platz an sich hatte, das ihn fühlen ließ, als wäre er nach Jahren der Wanderschaft nach Hause gekommen.

Der den Platz beherrschende Palast war aus ockerfarbenen Steinen und ragte hoch in die mütterliche Dunkelheit. Er war so riesig, dass er wie ein Teil der Nacht wirkte und scheinbar zur Substanz aller Träume gehörte. Trotzdem glich er einem beeindruckenden Bühnenbild, beleuchtet von farbigem Licht. Auf seinen höchsten Zinnen flatterten Banner und Fahne sowie eine nachtfarbene Flagge im sanften Wind. Wimpel leuchteten darunter. Das Palasttor, aus feinster und ältester Bronze geschaffen, war mit außergewöhnlichen Darstellungen von Göttern, Engeln und schlafenden Frauen geschmückt.

Fünfzehn

Die abgelegenen Teile des Platzes waren weit und von sanfter Stimmung erfüllt. Die freie Luft schien ewig, als bliese der Wind vom großen Meer her. Und trotzdem waren überall Gebäude, die teilweise verhinderten, dass die wahren Ausmaße des Platzes sichtbar wurden. Er warf einen Blick auf die begehbaren Wege und die heimlichen Straßen.

Dem mächtigen Palast gegenüber stand neben mehreren Gebäuden das Haus der Gerechtigkeit. Ein mit Bronzefiguren geschmücktes Tor fiel ihm besonders auf. Auf der entfernten Seite des Platzes konnte er einen Arkadengang erkennen. Im Arkadengang herrschte bedrohliche Dunkelheit.

Er blickte rund um sich, staunend ging er zur Mitte des Platzes. Er drehte sich um und um wie ein Kind und starrte mit ungläubigen Augen auf die wunderbare Architektur. Tief beeindruckten ihn die vollendeten offenen Räume, er trank den gesegneten Himmel und betrachtete alles eingehend, während er den seltsamen Zauber der Luft einsog.

Ihm war, als wäre er in die uralten Träume gestiegen, von denen er erzählen gehört hatte. Träume, in denen die Träumer sich an jenem Ort des Universums wiederfinden, an dem sie sich am meisten zu Hause fühlen und an dem ihre innerste Natur atmen und frei sein kann.

Er fühlte, er war an jenem Ort, an dem er seine eigene Grenze überwinden und grenzenlose Reiche betreten konnte.

Sechzehn

In Wahrheit erkannte er, dass er die Bestimmung seines Lebens erreicht hatte. Er empfand dies als ein Gefühl, das ihn an Heimat erinnerte. Der Platz entsprach genau seiner Empfindung.

Plötzlich hatte er eine böse Ahnung. Was wäre, wenn sein wahres Ziel der Platz wäre, von dem er vertrieben werden konnte, um seine ursprüngliche Suche fortzusetzen? Hätte er dann etwas gefunden, was er meinte zu suchen, um hierauf zu entdecken, dass er sich getäuscht hatte? Er wäre dann von dem Platz ausgeschlossen, weil er ihn verloren hatte. Traurig würde er ihn suchen und ihn niemals wiederfinden können. Diese böse Ahnung erschien ihm wie ein Traumbild.

In diesem Augenblick, erfasst von widersprüchlicher Fröhlichkeit, meinte er plötzlich, all die Magie und die Glückseligkeit, der Zauber und das Mysterium, die Weisheit der Zivilisation und die Schönheit der Stadt seien verdammt. Sie waren auf jene Art verdammt, wie Schönes verdammt ist. Dazu verdammt, Höheres zu werden, für immer an jenen Orten fortzuwähren, an denen Dinge am mächtigsten und dauerhaftesten sind, in den lebenden Träumen des Universums.

Siebzehn

Blitzartig befiel ihn der Verdacht, auch er wäre verdammt. Aber ehe er diesem nachgehen konnte, um ihn als bedeutungslosen Gedanken zu verwerfen, fühlte er, dass sein Begleiter ihn verließ, fühlte sein Weggehen als eine klare Melodie, ein unlösbares Rätsel.

Die Gedanken des Unsichtbaren wurden konturlos wie die Nacht. Nicht zu Ende gedachte Gedanken irrlichterten durch sein Gehirn.

Der Begleiter hatte auf seine einzigartige Weise – geheimnisvoll und schweigend – an ihn weitergegeben, was der Unsichtbare wissen musste. Von ihm hatte er erfahren, was die Luft, die Steine der Stadt, die Architektur und die Straßen zu berichten hatten. Der Begleiter hatte die Nacht zu ihm sprechen lassen.

Ohne Abschied ging der Begleiter weg, und trotzdem lag eine Süße in der Luft. Sie glich jenen innigen Momenten, die in der Vereinigung von Heiterem und Erhellendem das Sein verändern.

Auf dieser Insel waren sogar die Kinder weise.

Buch vier

Eins

Allein stand er in der Mitte des Platzes, als er bemerkte, dass ihm in der Dunkelheit eine Matratze mit weißen Laken gebracht wurde. Die Menschen, die sie brachten, sah er nicht, aber sie legten die Matratze auf den Steinboden des Platzes, bereiteten ein ordentliches Bett und verschwanden. Bald darnach brachten ihm unsichtbare Hände einen Krug mit Wasser, ein diamantenes Trinkglas, eine Rose und Weintrauben und legten alles am Kopf seines Bettes ab. Dann, nicht lange darnach, brachten sie eine Lampe, die hell leuchtete, deren Glühen aber nicht Licht, sondern tiefere Dunkelheit schuf. Zuletzt brachten sie ihm einen Spiegel.

Als sie gingen, war es auf dem Platz wieder still. Wind blies, er rührte die Erinnerungen der Steine auf, weckte die Träume des offenen Raumes und ließ die im Dunkel verharrenden Skulpturen unter den bedrohlich wirkenden Arkadengängen wieder aufleben.

Zwei

Das Dunkel um ihn war wegen der eine merkwürdige Dunkelheit verbreitenden Lampe noch intensiver, weiter weg jedoch war alles klarer: Der Platz war in sanftes Mondlicht getaucht.

Gelassen saß er auf dem Platz, dessen Geheimnis ihn umgab. Er saß auf dem weißen Bett, von Mondlicht umflossen. Der Palast mit seinen undurchdringlichen Mauern und seinem massiven Tor zeichnete sich vor ihm ab. Die große Flagge mit ihren

Symbolen flatterte in der sanften Brise und sandte die verschlüsselte Bedeutung ihres Zeichens und Sinnspruchs in alle Regionen des wundersamen Landes.

Drei

Er versuchte, das erdrückende Geheimnis des Platzes zu ergründen, betrachtete eingehend die bronzenen Reiterstatuen, den Meeresgott und die Pferde, die in einem gewaltigen steinernen Brunnen standen, und dachte über die Darstellung eines alten Prophetenkönigs nach. Die Figur war aus makellosem Marmor gemeißelt und zeigte den König im Zustand der Erleuchtung.

Das Reiterstandbild thronte auf einer hohen diamantenen Plattform. Das glänzende Schwert der Wahrheit in der Hand des Reiters wies nach vorn in eine große Zukunft und auf eine große Bestimmung, die nicht erreichbar waren. Wären sie jemals erreicht, würden sowohl die Menschen als auch ihr Weg dorthin zugrundegehen. Der Reiter wies auf ein stets unerreichbares Ziel, das man nur aus Mythen kennt. Dieser Ort der völligen Selbstverwirklichung und Zufriedenheit liegt immer ein wenig außerhalb der Reichweite des strebenden Menschen, jedoch nicht so weit außerhalb, dass Menschen ihr Verlangen nach Vollendung aufgeben sollten. Er liegt irgendwo zwischen dem sechsten und dem letzten Berg.

Das Pferd, eines seiner mächtigen Beine erhoben, war selbst Traum und Zeichen. Sein Kopf war stolz, aus seinen Augen leuchtete der Wille des Meisters.

Das Reiterstandbild, massiv, edel und doch nicht protzig, war in Dunkelheit getaucht und teilweise versteckt. Der Standort befand sich außerhalb der Platzmitte, bildete gleichsam den Schwerpunkt all der geometrischen Maße und der astrologischen Konstellationen und sorgte dadurch für Bewegung. Das Reiterstandbild forderte immer wieder zu neuen Betrachtungsweisen heraus.

Vier

Am äußersten linken Rand des Platzes beherrschte der Meeresgott mit seinen schimmernden weißen Rössern die Mitte eines wasserschäumenden Brunnens, einem Anführer gleich. Auch er war Traum und Zeichen. Der Meeresgott, mit mächtigem Bart und glänzendem Dreizack, schien den Tiefen des Ozeans zu entsteigen. Strahlende Rösser galoppierten über aufgewühlte Wellen. Dieser mythische Gott mit hochgehaltenem Dreizack, der zu den Fixsternen zeigte, stand für den immer wiederkehrenden Traum vom Ursprung der Menschen. Er stellte ihren Aufstieg aus den Schrecken der Meerestiefen dar. Aus dem unbenennbaren Quell schien er ein schreckliches Licht mit sich zu bringen. Es war ein Licht, das keine Bedingungen anerkannte, keine Forderungen stellte und hell leuchtete.

Fünf

Die Figur des Prophetenkönigs stand in dem Raum zwischen Arkadengang und Palast und verweilte hier seit Jahrhunderten, alt an Zeit, jung an Mythen, frisch am Körper. Sie zeigte ihn sowohl an der Grenze zwischen Sichtbarkeit und Unsichtbarkeit als auch in jenem Augenblick, bevor er in die Legende einging.

Die Besorgnis war an seinen Brauen abzulesen. Vollkommene Gemütsruhe prägte seine Miene.

Das glühende Licht seines Körpers misst allem Bedeutung bei: den Vorbereitungen auf den Feldern, der Einsamkeit der Hügel, dem Kampf der Dämonen, der Musik der Laute, der ewigen Jugend des Geistes, dem Glück in der Natur, den Engeln, die nachts in den Bergen sichtbar sind, und der Stimme des Unbenennbaren in jedem Fels und jeder Blume.

Seine Haltung ließ Sorgen erkennen, die aus Königswürde, Ermüdung, dem ehrwürdigen Zeitalter des Geistes, Ruhm und den traurigen Kriegen erwuchsen, sowie aus den Versuchungen, denen er verfiel und denen er widerstand. Seine Besorgnis entstieg einem Leben ohne Lautenmusik, einem Leben in den Bergen, ohne Schutzengel, und einem Dasein, dem das Rezitieren von Unbenennbarem in Bäumen und im Wind fremd war.

Der Prophetenkönig stand zwischen Arkadengang und Palast, zwischen Sichtbarkeit und Unsichtbarkeit, niemals überschritt er die Grenze, gefangen in diesem Augenblick, in makellosem Marmor, für immer.

Sechs

Und eine Nische neben dem Palasttor beherbergte, sehr klein und bescheiden, aus purem Stein, die in sich ruhende Darstellung der großen Mutter, die das Land mit göttlicher Umsicht leitete.

Sie war die Herrin des mächtigen Tores, Beschützerin des Landes und seiner Nacht.

Sieben

Er saß auf seinem weichen, weißen Bett, auf dem mythendurchtränkten Platz. Das Mondlicht schuf eine an alte Zeiten erinnernde Stimmung. Er war vom Wunder überwältigt. Seltsames Verlangen nahm von ihm Besitz. Der Himmel, der sich über dem Platz öffnete, erschien als Tor zu den Sternen, zum dunklen Universum. Der Himmel lud seine Seele zu großen Abenteuern ein. Er wollte wieder in See stechen, wollte hinausfliegen in das Mysterium dieses Himmels.

Beim Hinaufschauen entdeckte er etwas, was sein Staunen noch vertiefte. Es handelte sich um eine Skulptur, die als solche unsichtbar war und für Betrachter nur sehr kurz und zu bestimmten Zeitpunkten des Tages und der Nacht aus der Unsichtbarkeit auftauchte. Der Meisterbildhauer dieses Landes hatte dieses Kunstwerk vor langer Zeit geschaffen. Es stand frei im Raum, genau oberhalb des Palastes.

Die schwebende Skulptur, feiner als Diamanten, geschaffen aus einem Material, das aus purem Licht und trotzdem so schwer wie Marmor zu sein schien, stieg Jahr für Jahr höher in die Lüfte. Sie war Traum und Zeichen des vornehmen Meisters, der selbst, auch für seine Nachfolger, nur drei Tage lang sichtbar war, bevor er in die Unsichtbarkeit emporstieg und zu einer der größten Kapazitäten der Aufklärung von Geist und Phantasie wurde.

Er sah die Skulptur schweben. Das Licht, das sie abstrahlte, erhellte den Himmel. Er sah sie bloß für einen Augenblick, ehe sie verschwand.

Acht

Er betrachtete alles sehr ruhig, bis er der bedrohlichen Skulpturen unter den dunklen Arkaden ansichtig wurde. Er schaute genauer, und alles, was er sah, war Dunkelheit. Als er aber seinen Kopf wegdrehte, merkte er erstmals, dass sich die Statuen in den Arkadengängen zu bewegen begannen. Er war derartig beunruhigt, dass er vor Angst aufschrie.

Die Nacht wurde still. Sogar der Wind legte sich.

Der Zauber des Platzes veränderte sich plötzlich für ihn, als wäre er auf einem Platz erwacht, dessen Schrecken er vorher noch nicht wahrgenommen hatte.

Er stand rasch auf und horchte.

Neun

Zuerst hörte er nichts. Dann, nach einer Weile, vernahm er einen schwachen, schleifenden Ton und gedämpfte Schreie der Qual, als stürbe ein kleines Tier.

Er suchte den Platz ab, fand aber nichts. Der fast unhörbare schleifende Ton bewegte sich weiter auf ihn zu. Er schaute erneut und sah nichts. Die Skulpturen, die sich unter den Arkaden bewegt hatten, standen reglos. Der ganze Platz lag still da, als würde er auf etwas warten. Dann, in dem Augenblick, als er sich setzen wollte, sah er es.

Für ihn war es ein Monster, etwas Böses, Unheimliches, das er plötzlich auf den makellosen Steinen herankriechen sah. Die Welt verschwamm vor seinem angsterfüllten Blick und sein Mund wurde trocken. Für einen Augenblick wurde alles um ihn schwarz, und als er sich trotz seines pochenden Herzens wieder erholte, sah er, wie die Kreatur in der Dunkelheit auf ihn zukroch. Langsam nahm sie Gestalt an, ein geflecktes Weiß auf dem gemusterten Ocker der Pflastersteine. Mit schwachen, qualvollen Schreien kämpfte sie sich weiter, kroch unter großer Anstrengung, stieß sich mit ihren gebrochenen Flügeln vorwärts und humpelte auf dem einen guten Fuß. Der andere war gebrochen, verbunden und bewegte sich kraftlos im sanften Mondlicht.

Er beobachtete die Taube eine Weile mit einer Mischung aus Angst und Faszination, sah in ihr das Monster, nicht den Vogel. Das Tier kroch zum Haus der Gerechtigkeit, kroch dorthin, um eines würdigen Todes zu sterben.

In dem Augenblick, in dem er das Tier als Vogel sah, der kämpfte, um ans Ende des Platzes, zu dem Blumenbeet zu kommen, das sich vor dem Haus der Gerechtigkeit befand, bemerkte er noch etwas, etwas ziemlich Seltsames.

Zehn

Er spürte, dass er gesehen wurde. Es schien ihm absurd, und doch hatte er den Eindruck, als wären auf dem Platz eine Menge Leute, die lustwandelten, an Tischen unter dem Mondlicht saßen oder ihre üblichen Alltagsangelegenheiten besorgten, während sie ihn beobachteten. Er spürte deutlich, der Platz war überfüllt, und trotzdem sah er niemanden. Er fühlte auch, dass er geprüft wurde, und dass jede seiner Handlungen von entscheidender Bedeutung für sein Leben am morgigen Tag sein würde.

Er schaute wieder um sich und sah nichts außer den Umrissen des Palastes, den ruhigen Platz und die leeren alten Räume.

Der Vogel war an ihm vorbeigekrochen, gab klägliche Laute von sich und stieß sich mit den gebrochenen Flügeln weiter. Er empfand großes Mitleid mit dem Vogel und fragte sich, warum ihm niemand half, sich um ihn kümmerte oder ihn mit nach Hause nahm, um ihn zu heilen, wenngleich er genau wusste, dass rundum niemand außer ihm war.

Obwohl ihm der Vogel Leid tat, saß er regungslos da. Er tat nichts. Augenblicke verstrichen. Plötzlich konnte er nicht anders, als auf die Taube zuzugehen.

Just als er sich niederbeugen wollte, um die Art der Verletzung zu untersuchen, erkannte er, dass neben ihm jemand stand. Still und ohne zu atmen.

Elf

Ihm entfuhr ein Ausruf des Erschreckens, und er sprang zurück, die Welt schwankte vor seinen Augen. Als er sich von dem Schock erholt hatte, sah er die dunkle Gestalt eines großen, schlanken Jünglings neben sich. Auch der magere Jüngling beobachtete die weiße Taube.

„Das haben ihr ihre Gefährten angetan", sagte der Magere mit trockener Grabesstimme.

„Welche Gefährten?"

„Ihre Gefährten taten das. Sie fielen über sie her, brachen ihre Flügel und versuchten, sie zu töten. Sie wussten, sie würde die Reise nicht schaffen."

Beide schwiegen. Nach einer Weile, während der über den Platz fegende Wind die Mähne des Pferdes vom großen Reiterstandbild zerzauste, fragte die dünne Gestalt:

„Kannst du hören, was die Taube weint?"

„Nein."

„Kannst du gar nichts hören?"

„Nein."

„Du kannst nichts hören?"

„Doch, natürlich. Ich kann die Schreie ihrer Qual hören."

„Du meinst Schmerz?"

„Ja, Schmerz."

„Und du kannst nicht hören, was der Schmerz sagt?"

„Nein, natürlich nicht. Und warum stellst du mir überhaupt diese Fragen? Warum tust du für den armen Vogel nichts, anstatt hier zu stehen und zu reden?"

Der schlanke Jüngling erwiderte trocken:

„Das wollte ich soeben. Aber du scheinst auch beteiligt zu sein. Was hast du getan?"

„Ich weiß nicht."

Erneut Schweigen. Dann sagte der Jüngling sich sanft nach vorne beugend:

„Dies ist die Botschaft des Schmerzes: Gebt mir entweder Leben oder tötet mich."

„Ich verstehe nicht."

„Der Vogel sagt: Heilt mich oder tötet mich."

„Ich kann ihn nicht töten."

„Dann musst du ihm Leben geben."

„Du nicht?"

„Nein."

„Was tust du dann hier?"

„Wo?"

„Hier. Auf dieser Insel, diesem Platz, in diesem Augenblick."

„Ich weiß es nicht."

„Du weißt es nicht?"

„Nein."

„Verrückt."

„Daran ist nichts Verrücktes. Ich bin hier. Es gibt dafür einen Grund, aber ich kenne ihn nicht."

„Also kannst du Leben geben?"

„Nein. Und du? Was wolltest du tun? Du fühlst deutlich Mitleid mit dem Vogel."

Der Magere blickte ihn mit ausdruckslosen Augen an. In diesem Moment wurde ihm bewusst, dass sich jemand anderer hinter dem großen, dünnen Jüngling befand. Es war ein weibliches Wesen, das schweigend vortrat. Er konnte ihr Gesicht nicht erkennen. Beide Gestalten schienen aus demselben dunklen und merkwürdigen Material gefertigt. Die erste Gestalt beugte sich vor, hob den Vogel auf und war daran, seinen Hals zu brechen, hielt aber plötzlich inne.

„Ich werde ihn töten", sagte der Jüngling, bar jeder Gefühlsregung. „Er wird ohnehin sterben. Er würde die Nacht nicht überstehen. Es bringt nichts, seine Qual zu verlängern. Die Grausamkeit, ihn allein auf dem Platz zu lassen, bebend vor Angst und einem langen, langsamen und zögernden Tod entgegenleidend, muss ein Ende nehmen. Während seines Sterbens würdest du bequem in deinem Bett schlafen. Ich werde ihn töten."

„Tue es nicht."

„Warum nicht?"

„Möchtest du, dass dir so etwas geschieht?"

Der Jüngling hielt inne und schien darüber nachzudenken. Nach einem langen Augenblick wandte er sich seiner weiblichen Begleiterin zu, und sie unterhielten sich mit leisen Stimmen. Darnach wandte er sich an den Unsichtbaren und sagte:

„Nur ein Drehen des Nackens, sonst nichts. Und alles wird vorbei sein."

„Tue es nicht."

„Kannst du ihm Leben geben?"

„Ich weiß nicht, wie man Leben gibt."

„So viele Jahre bist du am Leben und hast es nicht gelernt?"

„Nein."

„Wenn du ihm nicht Leben geben kannst, musst du ihn töten."

„Ich kann ihn nicht töten."

„Dann werde ich ihn töten."

„Du darfst nicht."

„Ich kann nichts tun. Ich kann ihn nicht heilen. Ich kann ihm kein Leben geben. Das ist ein bedauerlicher Fehler. Aber ich kann ihm den Tod geben. Ich kann sein Leiden beenden. Darin liegt auch Mitleid. Kein großartiges Mitleid, zugegeben, aber besser, als ihn dem Tod im Freien zu überlassen, allein. Ich kann nichts tun. Du willst ihn mich nicht töten lassen, also übergebe ich ihn dir. Ich habe mein Bestes getan. Nun liegt es an dir. Nun musst du ihm Leben geben oder ihn töten. Einen Mittelweg gibt es nicht. In dieser Sache kannst du nicht unentschieden sein. Die Verantwortung liegt bei dir. Gute Nacht."

Daraufhin setzte der Jüngling die Taube zurück auf den Steinboden und verschwand in der Nacht, Hand in Hand mit der weiblichen Gestalt.

Der Vogel kroch weiter, flügelschlagend, wehklagend.

Er verharrte hilflos und beobachtete den Vogel. Und dann, ohne zu denken, ging er hin und hob den sterbenden Vogel auf. Er war ein wenig besorgt wegen seiner zerbrechlichen Knochen und seiner zuckenden Flügel. Er nahm ihn zu sich ins Bett.

Er setzte die Taube neben seinen Polster, legte sich nieder und liebkoste sie, während er fragte:

„Wie kommt es, dass ich nie gelernt habe, Leben zu geben?"

Zwölf

Der Gedanke machte ihn unglücklich, eine so furchtbare Entscheidung treffen zu müssen. Er konnte nicht töten. Noch nie hatte er in seinem Leben getötet. Er hatte noch nie ein Lebewesen beim Sterben beobachtet. Er hatte auch noch nie eines geheilt.

Nun musste er heilen oder töten.

Die Taube bedurfte einer besonderen Behandlung. Ein Wunder wäre vonnöten. Wunder wirken war für ihn fremd, fremd und wundervoll und gleichzeitig erschreckend.

Er zog den Vogel näher zu sich und schlief ein.

Dreizehn

Als er aufwachte, war die Taube verschwunden. Die Nacht wirkte noch dunkler und der Platz war tiefer in sein Geheimnis versunken. Sein Blick suchte den sterbenden Vogel, er war erschöpft, er konnte ihn nicht finden. Der Gedanke, die Taube habe während seines Schlafes seinen schützenden Arm verlassen und stürbe in einer Ecke, erfüllte ihn mit lähmendem Schuldgefühl.

Er hatte keine Entscheidung zu treffen vermocht. Nun musste er aufstehen und die Taube in den Nischen nahe des Hauses der Gerechtigkeit suchen, wohin sie ursprünglich gewollt hatte. Er durchsuchte die Blumenbeete und fand sie nicht. Er schaute unter die Blumen, doch seine Suche blieb vergeblich. Er hatte keine Ahnung, wie lange er geschlafen hatte: Währenddessen konnte der Vogel bereits verendet sein.

Fieberhaft suchte er nach der Taube, als er jemanden vom Treppenabsatz der verdunkelten Arkaden herunterkommen sah: Es war ein dünnes, winziges Männchen mit großem Kopf. Im einen Augenblick verweilte der Kleine noch bei den Arkaden, im nächsten stand er, in seinem Habitus ein wenig verwandelt, nahe der Blumen und beobachtete ihn schweigend.

„Wer bist du? Woher bist du gekommen?"

„Ich?", fragte das Männchen. „Mein Name ist ebenso bedeutungslos, wie alle Namen bedeutungslos sind. Ich wohne unter den Arkaden. Warum fragst du?"

„Nun, ich war überrascht, dich zu sehen."

„Ich habe dich die ganze Nacht beobachtet."

„Warum?"

„Du warst hier, um beobachtet zu werden."

Der Unsichtbare suchte weiter nach der Taube.

„Wonach auch immer du suchst, es kann nicht gefunden werden", sagte das zwergengleiche Männchen.

„Warum nicht?"

„An diesem Ort wirst du all das, wonach du suchst, nicht finden."

„Warum ist das so?"

„Du musst die Dinge finden, bevor du sie suchst."

„Du sprichst Unsinn."

„Wahrlich, ich sage dir, die Gesetze dieses Ortes sind seltsam."

„Erkläre dich mir."

„Überlege doch: Wenn du etwas suchst, bedeutet dies, du hast es verloren. Und wenn du es verloren hast, dann kannst du es nicht finden. So einfach ist das."

Die Brise regte sich wieder und verdunkelte die großköpfige Figur, die reglos und unnahbar blieb.

„Ich glaube, das ist gar nicht einfach. Das ist vielmehr ziemlich kompliziert."

„Nimm diesen Weg als Beispiel. Du hättest ihn nicht verlieren sollen, als du ihn zum ersten Mal gegangen bist."

„Du meinst, was man einmal verloren hat, lässt sich nicht mehr finden?"

„Ja."

„Wenn es mir aber dennoch einmal gelingt?"

„Dann hättest du nicht dasselbe gefunden."

„Das klingt wunderlich."

„Überhaupt nicht. In unserem Land bekommst du stets nur eine einzige Chance. Besitze, was du hast, sei dir dessen bewusst, behüte es, vermehre es. Was du verlierst, hast du nie wirklich besessen. Es war dir nicht bewusst. Es war dir nicht wichtig. Du hast ihm kein Leben gegeben. Und deshalb war es in Wahrheit nicht für dich bestimmt. An diesem Ort verliert alles seine Bedeutung, dessen du dir nicht wirklich bewusst bist."

Der zarte Wind hatte aufgehört zu wehen. Der Platz schien sich ein wenig verändert zu haben, als würde er verblassen oder sich in sein Geheimnis zurückziehen oder im Schweigen verschwinden.

Die zwergenhafte Gestalt fuhr fort.

„Nimm mich, zum Beispiel. Ich suchte immer nach Antworten. Ich suchte unermüdlich, ich sah niemals, und ich verlor mich. Ich habe mich selbst, meine eigene Wirklichkeit verloren. Daher muss ich die Zusammenhänge kennen."

„Aber wie kann ich finden, ohne zu suchen?"

„Durch Suchen wirst du niemals finden. Erst musst du finden. Nimm mich, zum Beispiel. Zu spät erkannte ich, dass die Antworten stets gegenwärtig waren. Gegenwärtig zu jeder Zeit."

„Und du hast sie nie gefunden?"

„Nie."

„Warum nicht?"

„Eben weil ich die Antworten gesucht habe. Wie kann man etwas suchen, das immer gegenwärtig ist?"

„Ich nehme an, das ist unmöglich."

„So ist es. Dinge verschwinden nur oder gehen verloren, weil du aufgehört hast, an sie zu denken, aufgehört hast, mit ihnen in tiefer Bedeutung zu leben. Ideen und Menschen müssen in dir wurzeln, in dir wachsen, und du bist verpflichtet, sie am Leben zu erhalten. Vergisst du, sie am Leben zu erhalten, verlierst du sie. Viele Menschen sind aus dem Leben geschieden, weil sie aufgehört haben, ihr eigenes Leben zu sehen. Viele sind in den Abgrund gestürzt, weil sie festen Grund und Sicherheit gesucht haben. Glücklich die Gelassenen, denn alles kommt zu ihnen. Solcherart sind die wahren Antworten: Sie gehen zu jenen, die sie erwarten. Willst du etwas finden, finde es zuerst."

„Wie soll das geschehen?"

„Finde in dir selbst, würde ich vorschlagen."

„Du sprichst in Rätseln."

„Die einfachsten Dinge sind Rätsel und Paradoxons. Hast du jemals gehört, dass Menschen nach Liebe suchen?"

„Ja."

„Sie finden niemals Liebe, oder?"

„Das weiß ich nicht."

„Die Liebe, die sie suchen, finden sie niemals."

„Ich bin mir nicht sicher."

„Jene, die Liebe finden, finden sie in sich selbst."

„Mag sein."

„Es ist so. Ich muss das wissen."

„Weshalb?"

„Denn ich suchte Liebe und fand sie niemals. Ich fand etwas anderes."

„Was fandest du?"

„Etwas, das wie Liebe aussah, aber keine war. Von anderen weiß ich, dass sie niemals suchten und Liebe fanden. Sie fanden Liebe im Überfluss. Für jene war sie immer bereit. Stets lebte die Liebe in ihnen. Sie war immer da."

„Wo war diese Liebe?"

„Überall. Sie luden die Liebe bloß ein, und sie kam. Ihr Sein begann, und die Liebe kam. Liebe geht dorthin, wo Liebe ist. Und wo Liebe ist, geht sie niemals verloren. Glücklich jene, die zu finden wissen, denn sie werden nie verlieren."

Vierzehn

Während einer kurzen Pause betrachtete er das zwergenhafte Männchen eingehend und versuchte, dessen seltsam verschwommene Form klar zu erkennen. Die Gestalt, klein, geheimnisvoll und still, begann sich zu entfernen.

„Geh nicht weg", sagte er.

„Ich muss", antwortete das Männchen.

„Ich bin hier allein. Ich verstehe gar nichts. Dieser Ort ist neu für mich, und seine Wege erscheinen mir befremdlich. Ich habe niemanden, mit dem ich sprechen kann. Mein Bett steht dort drüben. Ich habe etwas Wasser und ein paar Trauben. Ich würde sie gerne mit dir teilen."

„Ich brauche weder Wasser noch Trauben", erwiderte die kleine Gestalt, „doch für eine Weile kann ich dir Gesellschaft leisten, bis ich wieder unter den Arkaden sein muss."

Sie gingen zu dem Bett. Das Männchen brachte seine Dunkelheit mit sich und blieb sogar unter dem Mondlicht fremd. Es hatte einen schweren Schritt, als wäre es nicht aus Fleisch, sondern aus Diamanten oder altem Marmor.

Er saß auf dem Bett, goss sich etwas Wasser ein und trank aus dem Diamantglas. Das Männchen blieb stehen. Es verharrte in seiner eigenen Dunkelheit. Nach einer Weile fragte es.

„Warum bist du hier?"

„Ich habe meine Heimat verlassen, um nach Sichtbarkeit zu suchen."

„Du bist an den falschen Ort gekommen. Hier sind die Dinge unsichtbar. Die wirklichen Dinge können nicht gesehen werden."

„Aber ich fühle mich hier in Frieden gelassen."

„Dieser Zustand wird nicht lange währen."

„Warum nicht?"

„Weil es das, was du suchst, hier nicht gibt. Es gibt viele Länder jenseits von hier, in denen Menschen wahren Frieden kennen. Sie kennen Zufriedenheit. Sie streben nicht darnach und suchen nicht. Sie haben alles, was sie brauchen. Sie sind sichtbar, und ihre Länder klingen vor Glück. Das ist es doch, wonach du suchst."

„Das klingt, als sprächest du von hier."

„Nein. Du solltest bis zum Ende suchen."

„Aber du sagtest, wenn ich suche, werde ich niemals finden."

„Das trifft für alles zu, außer für das, was ich eben gesagt habe."

„Du widersprichst dir selbst."

„Nein, das mache ich nicht. Du suchst Sichtbarkeit. Hier sind die Dinge unsichtbar. Daher bist du am falschen Ort. Ganz einfach."

„Ich fühle mich trotzdem, als wäre ich am richtigen Ort."

„Dann strebst du nicht darnach, sichtbar zu sein, du suchst nicht nach Sichtbarkeit."

„Ich suchte."

„Du suchst noch. Dein Problem ist, dass du diesen Ort nicht kennst. Dies ist ein strenges Land. Jeder lebt ohne Illusionen. Es ist erschöpfend. Niemand vermag stetig in Vollkommenheit zu leben. Nach einer Weile ist Reinheit langweilig. Zu viel Unsichtbarkeit kann bedeuten, dass du aufhörst zu sein. Sogar der Wind will sichtbar sein. Unsichtbar zu sein, ist so, wie die ganze Zeit mit dem eigenen Tod leben. Wer will immer tot sein.

Sichtbar zu sein, heißt mit deinem Leben und deiner Sterblichkeit zu leben. Es heißt lebendig zu sein, zu sehen und gesehen zu werden. Du bist am falschen Ort. Es wird nicht lange dauern, bis du vollkommen verrückt wirst."

„Verrückt?"

„Ja. Du würdest verrückt. Du begännst, Dinge zu sehen. Du sähest sie in Spiegeln. Du sähest sie in der Luft. Ein Karren führe an dir vorbei, ohne dass ihn jemand zöge. Die Pferde verschwänden. Der Wind würde zur Frau. Du sprächest mit Menschen, die nicht anwesend wären. Du hörtest Stimmen. Verrückt, ja völlig verrückt würdest du werden. Dann, das ist das Schlimmste, schautest du nach anderen Erscheinungen und hörtest auf, auf dich zu schauen. Am Ende verlangtest du nach Sichtbarkeit und flöhst von dieser Insel, nach Orten schreiend, an denen Menschen Namen hätten, wo du an sinnvollem Geschehen teilnehmen könntest und an denen es nützliche und schöne Illusionen gäbe."

„Was sollte ich also tun?"

„Ganz einfach, wirklich. Geh jetzt. Zögere nicht. Je länger du hier bleibst, desto unsichtbarer wirst du werden. Geh. Verlasse diesen Ort. Geh an bessere Orte, an denen Sichtbarkeit Wonne ist."

„Was soll ich tun?"

„Es ist ganz leicht, äußerst einfach. Alles, was du tun musst, ist aufstehen und an das Palasttor pochen. Poche, es wird geöffnet werden. Dann sage ihnen, dass du weggehen möchtest. Oder du kannst auch beginnen, dein Verlangen nach Sichtbarkeit hinauszuschreien. Dann werden sie kommen und dich mitnehmen. So einfach ist das."

„Was aber, wenn es mir hier gefällt?"

„Glaube mir, es würde dir nicht lange gefallen. Bald ginge es dir der exzessiven Schönheit wegen schlecht. Es wäre wie die Hölle für dich, ein Inferno der Vollkommenheit. Stell dir vor: eine Hölle aus Schönheit gefertigt. Kannst du dir etwas Lächerlicheres, Erstickenderes vorstellen als einen Albtraum, der nur aus Schönheit zusammengesetzt ist, aus Blumen und reinem Licht und Spiegeln? Und das Schlimmste wäre, dass du hier gefangen wärst, wie ich, für immer."

„Das klingt zum Frösteln."

„Es ist zum Frösteln. Es ist mehr zum Frösteln, als ich es klingen lassen kann. Geh jetzt, solange du kannst. Sei frei von diesem unmöglichen Ort, diesem strengen Land, in dem alles von der Weisheit des Leidens begleitet ist, und in dem die Reise zur Vollkommenheit fortgesetzt wird ohne Hoffnung, jemals anzukommen. Finde Freunde! Lebe dein Leben! Mach deine Fehler! Genieße die Illusionen des Lebens! Werde nicht unsichtbar, versteinere nicht. Such keine unmöglichen Lieben, finde mögliche! Geh jetzt, poch an das Palasttor, und bald wirst du dich dort wiederfinden, wohin du gehörst. Bald wirst du deinen Bestimmungsort erreichen, den du seit dem Verlassen deiner Heimat gesucht hast."

Fünfzehn

Er dachte darüber nach, was das Männchen gesagt hatte. Einen Augenblick lang war er von dessen Worten überzeugt. Der Platz war jetzt zur Gänze Nebel und wich dem Wind. Alles, was er sehen konnte, war das Palasttor und das blendende Schwert des Reiterstandbildes, das zur ewigen Bestimmung zeigte.

Die Dunkelheit rund um die zwergenhafte Gestalt war undurchdringlich geworden. Die Dunkelheit wuchs, wie seine Zweifel schwanden. Dann, plötzlich, setzte sich das Männchen in Bewegung. Ohne zu wissen, warum, dachte der Unsichtbare an seinen ersten Begleiter. Er suchte ihn. Der Platz wurde klarer, der Meeresgott entstieg den wogenden Nebelschleiern.

Der Unsichtbare sagte:

„Dieser Ort war nicht unfreundlich zu mir. Ich sah heute mein erstes Einhorn. Ich sah sogar einen Engel. Ich glaube, ich nehme noch etwas Wasser und Trauben. Du warst mir ein sehr interessanter Gefährte."

Es folgte langes Schweigen. Die zwergenhafte Gestalt sagte beiläufig:

„Das Tor ist immer da."

„Ich will diesen Ort nicht verlieren."

„Du bevorzugst also zu bleiben?"

„Die Trauben werden für die ganze Nacht reichen. Der Platz ist friedlich. Und ich habe dieses Bett noch nicht genossen."

„Willst du wirklich den Grund verraten, der dich deine Heimat verlassen ließ?"

„Ich weiß nicht, was ich gefunden habe."

„Dann kannst du nicht gerettet werden."

„Vielleicht nicht. Ich bin gerührt, dass du denkst, ich sei es wert, gerettet zu werden. Danke für deinen Versuch."

Das Männchen beobachtete ihn still. Alles war still.

Er beugte sich zur Seite und bediente sich an den Trauben. Und als er aufschaute, war der Zwergenhafte verschwunden.

Stille herrschte in der Dunkelheit der Arkaden.

Der Wind duftete.

Der Platz hatte den verdunkelnden Nebel überlebt und Mondlicht verlieh allem Glanz.

„Zweierlei muss ich lernen", sagte er zu sich selbst. „Ich muss lernen, Leben zu geben, und ich muss finden lernen."

Sechzehn

Er aß von den Trauben, atmete tief den nach Rosen duftenden Wind ein, als eine Frau aus dem Mondlicht zu ihm trat. Ihr Gesicht konnte er nicht deutlich sehen, jedoch er fühlte ihre ungeheure Schönheit, ihren wohlgebauten Körper, reich an Sinnlichkeit, aber verborgen. Er hatte keine Ahnung, was an ihr verborgen war.

Sie setzte sich neben ihn auf das Bett, und ihre Gegenwart berührte ihn tief. Ihr Körper atmete einen unerträglich lustvollen Duft aus. So stark war ihre Lust, dass er zu zittern begann. Sie streckte ihm ihre Schenkel hin und flüsterte:

„Nach einem Mann wie dir habe ich viele Jahre lang gehungert. Weißt du, wie es ist, wenn dein Körper und deine Seele sich nach einer bestimmten Person sehnen, die du nicht getroffen hast, von der du aber annimmst, dass sie lebt, und auf die du hunderte Jahre gewartet hast? Feinfühlige Liebhaber kennen dieses Gefühl. Wir haben einen Namen dafür: ‚Krank nach deinem Orpheus'. Das war ich. Du bist mein Orpheus. In meinen Träumen habe ich dich geliebt und begehrt. Da war kein anderer, und da wird nie ein anderer sein. Du bist meine fehlende Seele. Bloß deine Gegenwart zu genießen, gleicht dem Eintritt in ein Märchen. Ich bin eine Prinzessin, und du bist mein vermisster Prinz. Unter diesem Himmel, auf diesem Platz, der mehr Geschichte erlitten als Liebe erfahren hat, und bei einem Wind, der nach einem Augenblick duftet, der niemals wiederkehren wird, habe ich dich gefunden, wie ich mir immer vergeblich vorgestellt hatte, dich zu finden – auf einem weißen Bett, mit einem Krug voll Wasser, die Trauben des Königs genießend."

Siebzehn

Sie rückte näher zu ihm, seine Augen schlossen sich sanft unter dem Klang ihrer Worte. Doch mächtiger als ihre Worte war ihr Verlangen. Es überwältigte ihn, ließ das Blut in seinen Ohren singen. Ihre Lust erfüllte den Raum rund um ihn und verwandelte die Nacht in etwas unendlich Sinnliches. Er war unfähig zu atmen. Ihre Lust hatte ihn angesteckt.

In seinen Augen spiegelte sich ihr Verlangen. Mit verklärtem Blick stellte er fest, sie war in ein weiches goldenes Tuch gehüllt. Ihre Beine waren verführerisch und sinnlich. Ihre Brüste wölbten sich leicht nach oben. Ihre Lippen waren reif und voll wie Sommertrauben. Sie war eine widersprüchliche Schönheit mit üppigem Körper, klassisch, rein und wild. Die Vereinigung solcher Eigenschaften war unwiderstehlich.

Sie hatte sich so nahe an ihn gedrückt, dass er nicht mehr Luft atmete, sondern ihre Lust, ihren schweren Duft und ihre feurige Sinnlichkeit. Das Wunder, das ihm hier begegnet war, ließ ihn an wahnsinnige Reisen denken, die vom Antlitz einer Frau gelenkt wurden, die gleichsam der Sinn seines Lebens war. In ihr sah er diese Frau. Er blieb schweigsam. Sie begann wieder zu sprechen.

„Erkennst du mich nicht?"

„Ich glaube schon", sagte er, „aber es wäre seltsam, wenn ich das sagte."

„Das Schicksal geht seltsame Wege", grübelte sie. „Wir planen unser Leben einem Traum entsprechend, den wir in unserer Kindheit hatten, und wir mussten entdecken, dass das Leben unsere Pläne ändert. Und doch, am Ende, aus ungewöhnlicher Höhe, sehen wir, dass unser Traum unser Schicksal war. Bloß die Vorsehung hatte andere Ideen, wie wir dorthin gelangen sollten. Bestimmung plant einen anderen Weg oder dreht den Traum um, als wäre er ein Rätsel, erfüllt den Traum auf Arten, die wir nicht erwartet haben. Wie weit liegt unsere Kindheit zurück? Zwanzig Jahre? Dreißig? Fünfzig? Oder zehn? Ich glaube, unsere Kindheit reicht tausende Jahre zurück, weiter zurück als die Erinnerung irgendeiner Art. Wenn wir uns sehnen, bricht unsere Sehnsucht aus unseren tiefen Schichten hervor. Sie kommt aus tiefem Erinnern, aus den vergessenen Träumen unserer Ahnen. Du bist mein Sehnen. Dies ist so eine Nacht wie jene vor endlosen Zeiten, als unsere Sterne einander das erste Mal trafen. Sie sind jetzt zusammen, im Himmel, und ergießen ihre hellen Strahlen über diese Nacht. Sie weben Zauber für uns, damit wir durch den unsichtbaren Spiegel in der Luft steigen und das Märchen betreten können, in dem zu leben uns bestimmt ist, das wir aber vergessen haben."

Achtzehn

Die außergewöhnliche Herrin hielt inne, dann fuhr sie fort:
„Fühlst du dich wohl? Ist alles in Ordnung? Ist dir der Wind zu kalt? Soll ich dir noch ein paar Früchte holen? Ich liebe dein Schweigen. Es ist so weise. Es hört zu. Es lädt Wärme ein. Ich liebe deine Einsamkeit. Sie ist mutig. Sie erweckt im Universum den Wunsch, dich zu beschützen. Dich umgibt die Einsamkeit des wahren Helden, eine Einsamkeit, die einem tiefen Meer gleicht, in dem die Fische des Mystischen wohnen. Ich liebe dein Suchen. Es ist edel. Es birgt Größe in sich. Nur wer unter einem gesegneten Stern geboren ist, würde eines Traumes wegen in See stechen, in die wogenden Wellen und die wilden Böen. Ich liebe deinen Traum. Er ist zauberhaft. Nur jene, die wirklich lieben und wirklich stark sind, können ihr Leben auf einen Traum stützen. Du wohnst in deinem eigenen Zauber. Das Leben wirft mit Steinen nach dir, aber deine Liebe und dein Traum verwandeln diese Steine in Blumen der Entdeckung. Sogar wenn du verlierst und besiegt wirst, wird dein Sieg stets ein Beispiel sein. Und wenn es niemand weiß, gibt es doch Orte, die wissen. Menschen wie du bereichern die Träume der Welt, und Träume schaffen Geschichte. Menschen wie du sind, ohne

es zu wissen, Veränderer, geschützt durch ihr eigenes Märchen, durch Liebe. Wäre nicht mein übermächtiges Begehren, ich könnte dich mehr preisen."

Neunzehn

Plötzlich begann sie zu weinen. Sie weinte ruhig, ohne sich zu bewegen. Er beobachtete sie, den Mond in seinem Herzen.

Als sie aufhörte, wollte er sprechen, aber sie bedeutete ihm zu schweigen.

„Meine Liebe zu dir macht mich unglücklich", sagte sie sanft. „All diese Jahre des Sehnens haben mich mit unglücklicher Weisheit erfüllt. Darf ich mich neben dich legen?"

„Ja", antwortete er, ohne zu wissen, warum.

Sie legte sich neben ihn, und ihre Lust verbreitete fremdartige Dunkelheit über dem Bett. Er schien von ihrem Verlangen überschwemmt, in ihrer Leidenschaft zu fließen. Er schien durch ihre Leidenschaft zu schweben. Er lieferte seine Sinne ihrer Macht aus. Sanft legte sie ihn nieder. Dann flüsterte sie diese Worte in sein Ohr:

„Ich bin das Rätsel, das dein Leben entschlüsseln wird."

Zwanzig

Ihre Worte machten ihn schläfrig. Er schloss seine Augen. Als er sie wieder öffnete, lag sie nackt neben ihm.

Angezogen von dem unwiderstehlichen Charme ihres Fleisches, bewegte er seine Hand zu ihren üppigen Brüsten, als sich die Brise wieder legte und den Platz sanft tilgte.

Für einen Augenblick erfüllte gelber Nebel den Raum. Das Reiterstandbild schien in undurchdringlichem Nebel zu versinken. Nicht einmal sein spitzes Schwert war sichtbar. Der Meeresgott war zur Gänze vom Nebel verschluckt, seine Rösser konnten sich nicht aus dem gelben Tuch befreien.

Der Palast war nur an den düsteren Wehrtürmen und der Flagge erkennbar, die entblößt in der Brise wehte und ihr Zeichen über die gesamte Stadt sandte. Der Nebel hatte die hohen Mauern erklettert und das Gesicht der Steine geglättet. Der Palast schien sich im Wüten des gelben Nebels aufzulösen.

Nur der Kopf des Prophetenkönigs war sichtbar, und seine Angst schien jetzt größer.

Sie flüsterte wieder in sein Ohr.

„Ich werde dir in dieser besonderen Nacht alle Geheimnisse des Lebens geben. Alles, was du wissen musst, ist in mir. Fühlst du dich wohl? Siehst du, wie alles unserem Traum unterliegt? Wirst du mich lieben? Ich sehne mich darnach, dass du mich nimmst. Ich sehne mich darnach, dass jeder von uns beiden am Wunder des anderen teilnimmt."

Ohne ein weiteres Wort umfasste sie ihn mit ihren begierigen Beinen, umfasste ihn mit ihrer herrlichen Lust. Ihre Schenkel waren warm und ihre Brüste zitterten. Er streichelte ihren sanften und üppigen Körper. Sie zog ihn näher und presste ihn an die wilde Wärme ihrer Brüste.

Just als ihre Lippen aufeinandertrafen und verschmelzen wollten, erkannte er, dass der Platz sich stark veränderte. Der Marmorboden, das Palasttor, die entfernten Kirchtürme, der Kopf des Prophetenkönigs, alle waren in gelber Dunkelheit gefangen. Nur die Arkaden schienen unverändert.

Einundzwanzig

Ohne zu wissen, warum, berührt von einer Brise, die ungesprochene Worte aus dem Abgrund neben der unsichtbaren Brücke brachte, zog er sich von der Leidenschaft der rätselhaften Frau zurück. Er setzte sich kerzengerade auf, schüttelte heftig den Kopf und sagte:

„Bitte, nimm diese Rose von mir als ein Zeichen tiefer Dankbarkeit. Deine Worte haben mich mehr bewegt, als ich dir sagen kann. Und deine Liebe – deine Liebe ist wunderbar."

Er hob die Rose von dort auf, wo sie lag, neben dem diamantenen Glas, und bot sie ihr lächelnd dar. Schweigend nahm sie die Rose an.

Mit veränderter Stimme, erfüllt von Traurigkeit und Mitleid, und sehr bestimmt, sagte er:

„Die Nacht war verzaubert, doch nun ist sie von Nebel erfüllt. Sie war ein Märchen, aber nun ist sie sanft und gelb. Ich verstehe das nicht. So viel jedoch weiß ich. Ich bin glücklich. Heute gelang es mir, über einen Abgrund zu gehen, ohne die Brücke zu nehmen. Und heute traf ich dich. Du bist einzigartig. Du bist unvergleichlich. Du bist eine Dichterin und eine Prinzessin. Du warst sehr freundlich zu mir und hast Worte zu mir gesagt, so süß, dass eine Marmorstatue vor Leidenschaft sich krümmen könnte. Dein Sehnen ist zu groß für mich. Deine Schönheit ist erschreckend. Sie legt den Abschied nahe. Sie setzt die Nacht in Flammen, und ich bin bloß jemand auf einem Platz, auf einem Bett, mit Wasser und Trauben, der auf die Dämmerung wartet. Ich begehre von dir nicht das Geheimnis der Dinge. Dein Angebot ist großzügig, doch ich bin schon im Besitz dieses Geheimnisses, irgendwie. Jemand anderer ließ mich in derselben Nacht erfahren, dass ich finden lernen muss. Danke für deine Gesellschaft, deine Wärme, das Geschenk deiner Worte. Verzeih mir, aber ich muss bleiben und auf die Dämmerung warten, allein."

Zweiundzwanzig

Lange betrachtete ihn die Herrin eingehend. Der Wind hatte sich gedreht. Langsam löste sich der Platz wieder aus dem gelben Nebel, das Reiterstandbild setzte seine bewegungslose Reise fort, und der Prophetenkönig betrat erneut den Augenblick zwischen Angst und Legende.

Lange herrschte Stille, ehe die rätselhafte Frau das Bett verließ. Sie kam nahe zu ihm. Ihr Gesicht war noch immer dunkel. Sie drohte:

„Weil du meine Liebe zurückweist, belege ich dich mit diesem Fluch. Weil du dich weigerst, eine Illusion zu lieben, wirst du ohne Illusionen leben müssen. Nichts Freudloseres kann ich mir vorstellen. Du wirst leben, um die Nacht zu bedauern, in der du das Angebot einer berühmten Prinzessin, wie ich es bin, zurückgewiesen hast."

Nachdem sie geendet hatte, schritt sie hinweg mit stolzer und strahlender Sinnlichkeit. Sie stolzierte hinaus ins Mondlicht, ihre Rätselhaftigkeit und die gelbe Dunkelheit nahm sie mit sich.

Dreiundzwanzig

Als sie gegangen war, streckte er sich auf dem Bett aus, trank noch etwas Wasser aus dem Diamantglas und aß einige Trauben. Die Welt war jetzt in ihrem ursprünglichen Zustand. Alles glänzte. Schwaches Strahlen durchtränkte die Luft. Der Marmorboden glitzerte. Der Wind murmelte. Eine sanfte Melodie stieg neben allen Dingen auf. Der Palast war in neues Licht getaucht, ein klares neues Licht, das die Kanten schärfte. Er erschien jetzt in unvergänglicher Frische, neu gemacht in seinem eigenen klaren Traum. Der Himmel war jugendhaft und klar, wie am ersten Tag seiner Erschaffung. Und in der entferntesten Ecke bezähmte die Dämmerung sanft das lange Mysterium der Nacht.

Während er über die seltsame Frau nachdachte, griff er nach mehr Trauben und bemerkte etwas Besonderes im Spiegel. Ehe er sich selbst im Laken einwickelte, nahm er den Spiegel zur Hand und schaute hinein. Er war überrascht festzustellen, dass seine Umrisse verblassten, verschwanden. Erst meinte er, er sei erschöpft und seine Augen seien müde. Doch überwältigt von einer verrückt abstoßenden Vorstellung, legte er den Spiegel hastig nieder.

Er sann über vieles nach. Er war halb zerstört. Er dachte wieder an die Herrin.

„Noch etwas werde ich lernen müssen", sagte er zu sich selbst. „Ich werde lernen müssen, ohne Illusionen zu lieben."

Dann drehte er sich um und fiel in tiefen Schlaf.

Buch fünf

Eins

Früh am Morgen wurde er durch die Stimme einer anderen Frau geweckt. Er konnte sie nicht sehen. Sie war seine neue Begleiterin. Sie war sanft. In ihrer warmen Stimme lag Mitleid und Licht. Er hätte schwören können, dass der Klang ihrer Stimme, geheimnisvoll im leeren Raum, aus dem sie emporstieg, ihre physische Gegenwart heraufbeschwor. Er wusste, dass sie ungewöhnlich war und ihre Schönheit von innen kam. Er unterwarf sich ihrer sanften Führung.

Sie nahm ihn an der Hand. Ihre zarte Berührung bewirkte einen solchen Schauer, dass er beinahe außer sich geriet. Sie führte ihn zum Raum der Reinigung. Er sollte baden. Frische Kleider aus reichem Brokat und Satin und golddurchwirkter Seide flogen ihm aus der Luft zu. Er kleidete sich damit und wartete.

Dann wurde er zu einem anderen Raum geleitet. Dort verharrte er still vor einem Smaragdaltar. Das goldene Bild der Sonne, mit ihren allgegenwärtigen und mitleidigen Augen, schaute freundlich auf ihn.

Er saß schweigend da, geduldig, bis seine Begleiterin kam und ihn über den Platz führte, vorbei an den Kolonnaden. Unter den vielen Statuen fielen ihm die eines breitschultrigen Zwerges, eines berühmten Liebespaares und einer gefeierten Prinzessin der Antike auf. Als sie zum Palasttor kamen, schied seine Begleiterin mit einem Seufzer.

Das Tor war geschlossen. Er wusste nicht, was er tun sollte, drehte sich um und sah nicht weit von sich die Figur des Prophetenkönigs auf einem Marmorsockel. Als er zum Gesicht des

Prophetenkönigs aufschaute, war er beeindruckt, wie gelassen es war. In den ernsten Zügen verbarg sich Gelassenheit. Und seine Gelassenheit verlieh ihm ewige Schönheit, als ob sein bedeutender Geist für immer mit Zeit und Universum in Übereinstimmung lebte. Dann sah er genauer hin und stellte fest, dass am Grunde dieser Gelassenheit ein Lächeln lag. Dieses Lächeln war das Geheimnis der Legende des Prophetenkönigs.

Während er über das verborgene Lächeln nachdachte, das von einem unergründlichen Ort zu kommen schien und sich unverhüllt auf seinem Antlitz zeigte, öffnete sich feierlich vor ihm das große Tor des Palastes.

Süße Musik, das Flüstern einer glücklichen Flöte und die anrührenden Rufe harmonischer Trompeten erklangen verhalten aus dem Inneren. Eine melodiöse Stimme forderte ihn auf:

„Komm herein, du, der du den Palast betreten willst. Steige über die Silberlinie des bescheidenen Tores."

Er ging hinein, und das Tor schloss sich hinter ihm.

Zwei

Völlige Dunkelheit umfing ihn. In der Luft lag das Aroma von Weihrauch. Lange stand er in der Dunkelheit. Langsam erkannte er, dass er sich selbst nicht mehr sehen konnte. Seine physische Anwesenheit war der Dunkelheit unterlegen. Er war verschwunden. Für einen Moment meinte er, auch für sich unsichtbar zu sein. Er war nahe daran zu schreien.

Dunkelheit löste seine Existenz auf. Nach einer Weile war er nicht mehr sicher, wo er sich eigentlich befand. Er war nicht einmal sicher, ob er auf festem Grund stand oder über dem Abgrund schwebte. Er fühlte sich selbst fließen, fühlte, dass Teile von ihm durch die Dunkelheit ausgelöscht wurden. Seine Gedanken wurden leer. Auch sie waren von der vollkommenen Finsternis durchdrungen.

Die Stille wurde ihm bewusst. Stille und Dunkelheit löschten ihn zur Gänze aus.

Bald war er verloren in einem leeren Universum, ohne Licht und ohne Ton.

Ebenso hätte er tot sein können.

Drei

Er wollte sich bewegen, doch er konnte nicht. Er wollte denken, doch auch das konnte er nicht. Die Unsichtbarkeit hatte seine Gedanken erobert. Eine Art erhabener Schauer überwältigte ihn.

Dann, plötzlich, sagte eine gewaltige Stimme, die durch den gesamten Raum dröhnte, als spräche ein Gott.

„WAS IST DAS MYSTERIUM DER BRÜCKE?"

Die Stimme hätte ihn zerstören können. Durch sie verlor er sich tiefer in dem dunklen Ort, durch sie fühlte er sich ausgelöscht.

Sein Herz hörte zu schlagen auf.

Ein langer Moment verging in dieser Angst.

„WAS IST DAS MYSTERIUM DER BRÜCKE?", donnerte die Stimme erneut und schleuderte ihn in die furchterregende Stille des Universums. Der Palast und seine Fundamente erbebten.

Ein weiterer langer Moment der Stille ging vorbei.

Er war nun so winzig in dem dunklen Raum, dass er für sich selbst zu existieren aufhörte.

Die Frage wurde ein drittes Mal gestellt. Und die Stimme, die vom Himmel brüllte, ließ die ganze Stadt erzittern.

Dann wurde er überwältigt von blendenden Lichtern aus Ultramarin und Topas, aus Gold und polierter Bronze. Der strömende Glanz von Butzenglasfenstern und die tanzenden Strahlen von sonnenbeleuchteten Diamanten öffneten sich plötzlich über ihm und hüllten ihn ein, als wäre er den offenen Feldern des Himmels entstiegen und würde von einer leuchtenden Engelschar umarmt.

Die Schönheit der Lichter war so ehrfurchtgebietend, dass er an der Schwelle des Palastes zusammenbrach.

Vier

Wohin er auch schaute, sah er Bilder der Vollendung. Engel flogen durch die Lüfte, und die schönsten je erschaffenen Frauen entstiegen den Wellen kristallklarer Meere. Großartige Farben waren überall. Er befand sich in den ersten Tagen des goldenen Zeitalters, unter den ersten Helden der Unsichtbaren. Er war mitten unter ihnen, stieg aus dem Meeresbett empor und nahm teil an der Schaffung ihrer universellen Zivilisation.

Er war der strahlenden Gegenwart von Männern und Frauen teilhaftig, sah ihre frühen Kämpfe gegen die Dunkelheit und die Bestien der Insel. Er war unter ihnen, baute ihre Brücken aus Licht, ihre mächtigen Kathedralen, ihre Smaragdtürme, ihre perfekt konstruierten Wohnstätten, ihre Marmorstraßen. Er war unter ihnen, als sie die Sümpfe eroberten, ihre Häuser der Gerechtigkeit konstruierten, ihre Marktplätze und Laubengänge, ihre Straßen anlegten, die Ausgewogenheit ihrer Städte und Türme planten, ihre Berge mit Altären zierten und meisterlich geschnitzte Figuren auf deren Gipfel aufstellten, Kanäle bauten, Wissenschaften entwickelten, in ihren zauberhaften Gärten Blumen pflanzten und Labyrinthe erfanden, die in den entsprechenden Jahreszeiten ein geheimes Symbol der Ewigkeit formten.

Harmonie und Frühling waren überall. Es gab keine Hierarchien. Jede Person war gleichberechtigter Teilhaber und Schöpfer. Alle arbeiteten zum Rhythmus einer stets gegenwärtigen Musik, Musik voll von Sorgen und reich an Hoffnung. Gemeinsam bauten sie ihre Städte und Dörfer, ihre Paläste und Häuser, ihre Straßen der Engel, ihre zahllosen Bibliotheken, ihre vorbildhaften Universitäten. Zwischen den Menschen gab es keine Unterschiede, keinen hohen, keinen niedrigen Stand. Männer versorgten Kinder, während Frauen Tempel entwarfen. Ihre Gesichter drückten Visionen aus, aber auch Leid.

Er war dabei, als wunderbare Wasser aus Felsen sprühten und vom Himmel Zeichen gegeben wurden, wie sie Angst und Leid in Schönheit verwandeln könnten.

Er war auch an jenem großen Tag dabei, an dem sich alle Menschen, die gerade dem Meeresbett entstiegen waren, zu einem großen Bund zusammenschlossen, um der Segnung ihres meisterlichen Traumes beizuwohnen. Es war ein Tag der bewegendsten Rituale, der Tag, an welchem die Menschen den Himmeln versprachen, dass sie aus ihrem Leid heraus ein wunderbares Schicksal formen würden. Mit den süßesten und feierlichsten Schwüren gelobten sie, eine Zivilisation des Lichtes und der Gerechtigkeit zu schaffen. Sie schworen, auf der Erde das erste universelle Zeitalter zu schaffen, in dem Liebe und Weisheit den Stellenwert von Nahrung und Luft hätten.

An diesem großen Tag kam ein wunderbares Zeichen über die Menschen. Als sich die Rituale dem Ende zuneigten, zuckten am Himmel gewaltige Lichtblitze. In einer mysteriösen Ankündigung gaben sie ihren Glanz und ihre leuchtende Glorie preis. Und als die eben aus dem Ozean entstiegenen Menschen nach oben sahen, bot sich ihnen ein fabelhafter Anblick. Sie sahen sich selbst im Himmel gespiegelt. Sie sahen ihre eigenen leuchtenden Ebenbilder, bekleidet mit dem wunderbaren Licht der Vollendung.

Ein wenig Himmel auf Erden zu schaffen, das war ihr Versprechen.

Die Schönheit dieses Augenblicks war überwältigend. Plötzlich, als er um sich blickte, sah er Dichter mit Engeln tanzen, Musiker über glücklichen Hirtenszenen schweben, Wissenschaftler unbekannte heilige Plätze entdecken.

Er sah sie alle, war unter ihnen in der Welt der bewegten Fresken, die in dieser ehrwürdigen Halle erzitterten.

Buch sechs

Eins

Es bedurfte einiger Zeit, bis er entdeckte, dass er sich in der ehrwürdigen Halle befand, geblendet vom wunderbaren Licht aus früherer Zeit.

Während er langsam seinen Blick von den Meisterwerken an den Wänden löste, berührte seine Begleiterin seine Hand und ermutigte ihn:

„Du solltest deinen Platz einnehmen. Alle Erleuchteten sind anwesend. Und alle warten, dass du Platz nimmst, damit die Zeremonie beginnen kann."

Erstmals wurde ihm bewusst, dass die riesige Halle überfüllt war. Überfüllt mit Menschen, die sich seinem Sehvermögen entzogen. Sie saßen auf Stühlen, in Reihen, überall, vom großen Tor bis zum Marmorpodium. Ihre gemeinsame Gegenwart verlieh der Halle Licht. Sie leuchteten auf ihren Plätzen, gleich der Luft nach einem Blitz.

Das Podium zierte ein langer Tisch aus Silber. Dahinter stand die unsichtbare Stadtgilde und hielt Flaggen und Banner hoch, auf denen das Stadtwappen mit dem geheimnisvollen Wahlspruch der Stadt abgebildet war.

Staunend betrachtete er den allgegenwärtigen Glanz. Er war überwältigt von der bedeutungsschweren Atmosphäre der ehrwürdigen Halle, von der Ausstrahlung der Anwesenden, der einzigartigen Stimmung, die ihn, ruhig wie das tiefe Meer, fest wie ein Fels und blau wie die Weisheit, in diesem feierlichen Augenblick umgab. All die Lichter erfüllten den Raum mit einer nicht erklärbaren Ahnung von Göttlichkeit.

„Du bist in der Gegenwart der Erleuchteten. Sie sind die Führer der spirituellen Reiche, Bewahrer der Geheimnisse von Geheimnissen."

Während dieser Worte führte ihn seine Begleiterin sanft aber bestimmt durch den Gang, an den leeren Stühlen vorbei, die besetzt waren von edlen und erleuchteten Wesen, bis hin zur ersten Reihe. Eilig hieß sie ihn sich zu setzen, als die Trommeln und Trompeten wie von selbst erklangen, sie wurden von unsichtbaren Meistern gespielt.

Er fühlte die Meister rund um sich, hörte ihr Murmeln und ihre gedämpften Gespräche. Ohne sich umzusehen, hätte er meinen können, die Halle sei mit sichtbaren Wesen gefüllt. Doch er wandte sich um und hörte Stimmen, ohne irgendjemand zu sehen. Der ungeheure Eindruck, in einer Halle zu sein, mit zahllosen anderen Wesen, die er nicht sehen konnte, erfüllte ihn mit angstvoller Erwartung. Es war, als wären sie in einem eigenen Reich, in einer verborgenen Dimension. Um Sinn in diese schwierige Situation zu bringen, stellte er sich blind und schloss die Augen. Da machte er eine überraschende Entdeckung. Die Anwesenden wurden wirklich. Sie nahmen Individualität an. Und wenn sie, obwohl unsichtbar, sprachen, verrieten ihm ihre Stimmen etwas von ihrer Persönlichkeit.

Blind inmitten der leeren Stühle vermochte er plötzlich zu sehen. Zu diesem Zeitpunkt wurde ihm erstmals das erleuchtete und herrliche Sein der Unsichtbaren bewusst.

Zwei

Er lauschte den nachhallenden Reden vom Podium und konnte nicht verstehen, was gesagt wurde. Er merkte, wie das gesprochene Wort die Luft verwandelte.

Der erste Meister des langen Tisches sprach langsam, und seine Worte lösten tiefe Ruhe in der Halle aus. Aus ihnen entstieg ein Hauch des Friedens, der Menschlichkeit ausdrückte und Raum schuf. Bald schien die Halle größer zu werden. Die Worte fanden in den bezaubernden Fresken ihren Widerhall.

Der erste Meister erschuf eine Landschaft mit friedlichen Geistern, einem Panflöte spielenden Faun und einem den Berg hinaufgaloppierenden weißen Pferd. Die Blätter der Bäume ließ er im himmlischen Licht erglänzen.

Seine Rede begann, die Halle zu verändern, den Raum zu weiten. Er, der sich in der ersten Reihe befand, fühlte sich umgeben von gütigen Anwesenden in einer Fülle von Licht. Befangen saß er im blendend blauen Schein der weiten Halle.

Dann wandelten sich die Worte zu harmonischen Klängen. Er lauschte der rituellen Musik, ihren Glocken und Flöten, ihren Panpfeifen und Violinen, den sanften Melodien, den pastoralen Klängen.

Während er zuhörte, wurde er gewahr, dass er sich nun an einem anderen Ort aufhielt. Ohne zu wissen, wo er sich befand, verbrachte er hier geraume Zeit. Aber er empfand sich erhöht, verändert, je länger er verweilte.

Als er sich wieder besann, umgab ihn neue Stille, und ihm wurde klar, dass der erste Meister aufgehört hatte zu sprechen, ohne dass er ihn verstanden hätte. Gerade als er sich dem Platz neben dem seinen zuwenden wollte, auf dem er seine Begleiterin vermutete, brach die Halle in Applaus und Beifallsrufe aus.

Drei

Die Pause war lang, ehe der zweite Meister zu sprechen begann. Auch diesen konnte er nicht verstehen. Auch dessen Worte verwandelten die Halle.

Diamantengleiche Lichter entsprangen den Worten und smaragdene Sonnenstrahlen irrlichterten und fielen kurz und nachhaltig auf jede Person in der Halle. Als die Sonnenstrahlen auch ihn trafen, schrie er, sein Körper drohte zu zerreißen, ob der Lobpreisung dieses Seins.

Darnach entstieg den Worten das sanfte Aroma von Geißblatt, das die Luft betörend machte. Sanfter Weihrauch wob seinen Weg rund um die unsichtbaren Personen. Und dann wehte in rhythmischen Wellen ein Duft von weiten Meeren durch die Halle, von jenen Bereichen zwischen Wasser und Himmel, wo alles ständig von göttlichen Winden gereinigt wird.

Wieder war er anderswo, in einem ewigen Raum der Meditation, unter den magischen Gedanken und der verzauberten Stille der Welt.

Die Gedanken aller Reiche liefen hier zusammen. Und jeder Gedanke barg unendliche Möglichkeiten. Er hätte in jedem einzelnen dieser Gedanken ein Leben lang wohnen können, ohne seine volle Kraft auszuschöpfen. Jeder der Gedanken, einfach und klar wie ein Tropfen reinsten Wassers oder ein Augenblick in einem Traum, bewegte sich still, füllte den Raum und war in Übereinstimmung mit all den anderen. Die Gedanken kamen von Steinen und Seraphen, von Bäumen und Vögeln, von Geschöpfen, die in der Luft lebten, und solchen, die jenseits der Luft beheimatet waren, von Menschen des ganzen Erdenrunds und von Kreaturen in all den anderen Sphären, von den Träumen der Lebenden und von den weitergeträumten Wünschen der Toten, von Meeren und Wolken, von Seelen und Sternen; die Gedanken kamen, und sie gingen durch ihn hindurch, ohne Spuren zu hinterlassen, und er merkte, wie klein der Raum war für diese geballte Unendlichkeit.

Auch verzauberte Stille traf hier aus allen Reichen zusammen. In jeder Stille wohnten unendliche Möglichkeiten und endlose Bezauberung. In jeder einzelnen dieser Lautlosigkeiten hätte er für ein Jahrtausend gewohnt haben können und hätte doch ihr Mysterium nicht ausgeschöpft. Jede Stille, weit und ruhig wie ein Augenblick auf dem höchsten Berg oder ein schwacher, sich spiegelnder Wind, durchdrang den Raum und gesellte sich zu all den anderen. Die Stille kam von schneebedeckten Berggipfeln und aus den Tiefen unerforschter Ozeane, vom Gesicht des Mondes und aus den nächtlichen Wäldern, von den Stalagmiten grüner Höhlen, von Sternbildern, von menschlichen Wesen an ihren einsamen Orten und Geschöpfen aus überirdischen Reichen, von den Träumen eines Neugeborenen und den sprießenden Knospen der Blumen, von Engeln und Diamanten, vom Herzen der Zeit und von geruhsamen Landschaften, von versteckten Räumen und dem verborgenen Himmel, von all den Toten und allen, deren Herzen schneller schlagen bis zur höchsten Liebe. Jede einzelne Stille kam und ging durch ihn, und sie änderte nichts, und er nahm wahr, wie wirklich der Raum der Meditationen für Ewigkeiten in Bewegung war.

Als er aufstehen und in namenloser Freude zu tanzen beginnen wollte, überwältigten ihn Applaus und Frohlocken. Wieder war er in der ehrwürdigen Halle. Die Halle bebte unter der rauschenden Zustimmung aller Unsichtbaren für die Worte des zweiten Meisters. Er hatte noch immer nicht verstanden, was gesagt worden war.

Verwirrt und bestürzt darüber, welche Veränderung die Worte rund um ihn bewirkten, wandte er sich seiner unsichtbaren Begleiterin zu und fragte:

„Kannst du mir das vielleicht erklären?"

Aber alles, was er zur Erklärung erhielt, war eine Berührung, so sanft, dass er staunte, wie einfach alles war.

Er musste nicht lange über sein plötzliches Verständnis der Vorgänge nachdenken, da erhob der dritte Meister am Silbertisch sein Wort.

Vier

Die Worte des dritten Meisters waren melodiös und füllten die Halle mit Musik.

Die Worte drückten Gedanken vollkommener Entschlossenheit aus, Sonaten der Freude, klare Pausen zwischen herrlichen Akkorden, das Lachen eines fröhlichen Kindes, die Ruhe eines sanften Regens um Mitternacht, eine Stadt in Übereinstimmung mit ihrer Größe, ungehörte Musik, Vogelrufe in der Dämmerung, die Vision schöner Dinge, die aus großem Leiden erblühen, der Hinweis auf eine großartige und majestätische Arie, die über die Berggipfel tanzt und sich am Meeresgrund zur Ruhe begibt, Gesang, der sich zu silbrigen Sphären verdichtet, eine Lobpreisung unsichtbarer Dinge, die unwiderstehlich sind und daher am trefflichsten geeignet, die Sichtbarkeit zu überwinden, das glückselige Reich der reinsten Träume, ein beleuchteter Turm, ein Fluss süßer Melodien, ein Ausrufen des Versteckten, die Beruhigung, die durch Leben und Tod gegangen ist, eine weiße Himmelsleiter und der Humor jener, die in ihrem Schicksal ein Zuhause gefunden haben.

All dies und mehr floss heraus aus der versteckten Musik der Worte des dritten Meisters und aus der Melodie seiner Stimme. Und als er weitersprach, war die Halle plötzlich verschwunden, die Mauern waren unsichtbar, und der neue Raum erstrahlte durch das Erscheinen eines beschworenen Wesens, der sanften Gegenwart der großen Mutter, Beschützerin der Insel und ihrer geheimen Wege.

Die geballte Energie der großen Mutter war allgegenwärtig, ihr wacher Geist machte den Raum lebendig, und gemeinsames brausendes Lobpreisen brach aus der Versammlung der Erleuchteten hervor. Die Halle hatte scheinbar ihre Erdenschwere abgelegt, und die Stadt schien zu fliegen. Diese Leichtigkeit durchdrang alles, und jeder in der großen Halle schien auf einer silbernen Wolke zu schweben und sich mit der Erhabenheit der großen Mutter zu vereinen.

In dieser himmlischen Stimmung hatte er bemerkt, dass sich für ihn etwas geändert hatte, für immer. Er fühlte, dass er kleiner geworden war und deshalb größer, dass sein Wesen verborgener geworden war und deshalb lernen konnte zu sehen, dass er ein Geheimnis und deshalb offen für alle Wahrheiten geworden war. Er spürte auch, dass er sein eigenes Rätsel geworden und daher imstande war zu verstehen, und dass er vom kreativen Geist des Findens berührt worden war, und daher seine wahre Suche beginnen konnte.

Gefangen in der himmlischen Stimmung, wurde ihm klar, dass sich auch rund um ihn etwas geändert hatte. Er nahm das tiefe blaue Schweigen wahr und erkannte, dass der dritte Meister nicht mehr sprach.

Das Schweigen war Zustimmung, die höchste Zustimmung, welche die Versammlung der Unsichtbaren einem ihrer vornehmsten Erleuchteten geben konnte.

Buch sieben

Eins

Das Schweigen nach der Rede des dritten Meisters währte lange. Alles schien sich in diesem langen Schweigen aufzulösen. Es war so anhaltend, dass er sich einen Augenblick lang nicht sicher war, ob überhaupt jemand bei ihm war. Er fühlte sich allein und unbehaglich in einer weiten, leeren Halle.

Dann wandelte sich das Schweigen. Es wurde zum Schweigen aller Unsichtbaren in Anschauung ihres großen Traumes und ihres Schicksals. Dies war einer ihrer bevorzugten Wege, Visionen Wirklichkeit werden zu lassen.

Das Schweigen währte so lange, dass er Angst bekam. Er fühlte sich ausgeschlossen. Dann, als er in Panik zu geraten begann ob der langen Dauer der Ruhe, wurde ihm bewusst, dass das Schweigen zu ihm sprach. Das Schweigen sagte vieles jenseits seiner Fassungskraft, und was er hörte, war bloß das Nebensächliche. Das Schweigen sprach zu ihm:

„Zeit bedeutet hier etwas anderes. Wir messen Zeit anders, nicht am Vorübergehen von Augenblicken oder Stunden, sondern an wohlgefälligen Taten, an kreativen Vollendungen, schönen Verwandlungen, an kleinen und großen Vollkommenheiten.

Auch Größe wird hier anders gemessen. Für uns ist etwas groß, wenn es schön ist, wenn es echt ist, und wenn es Leben hat. Etwas ist klein, wenn es nichts von alledem hat. Eine kleine Vollkommenheit ist groß für uns. Etwas Großes ohne Schönheit oder Echtheit ist klein für uns. Ein kreatives Saatkorn ist größer als ein riesiger Felsklumpen. Daher ist Unsichtbares das Kleinste und das Höchste für uns. Wenn eine Meisterschaft, eine

Qualität, eine Kunst, eine Geste, eine Form so verfeinert und rein wird, dass sie unsichtbar wird, ist ihr der Einzug in die Ewigkeit geglückt.

Im Allgemeinen sind große Dinge klein für uns. Großer Ruhm, große Sichtbarkeit, große Macht sind für uns leicht zu erreichen, deshalb schätzen wir sie gering, sie sind unserer Anstrengungen nicht wert.

Schwierig ist für uns, das zu tun, was Dauerhaftigkeit im höheren Universum erreicht, was unsichtbar und daher unzerstörbar ist. Unsere höchsten kreativen Taten sind in den leeren Räumen, in der Luft, in Träumen, in unsichtbaren Reichen. Dort haben wir unsere Städte und Schlösser, unsere besten Bücher, unsere große Musik, unsere Kunst und Wissenschaft, unsere wahrste Liebe, unsere vergnüglichste Unterhaltung. Wenn du Glück hast, wirst du teilhaben an diesem höheren Zustand und dich an seiner Macht erfreuen, die alle Grenzen übersteigt.

Und manchmal – sehr selten, aber doch hin und wieder - durchdringen unsere größten kreativen Akte, unsere Spielbereitschaft, unsere Selbstüberwindung, unsere Kunst, unsere Gesänge durch eine mysteriöse Gnade so viele Grenzen und betreten so viele Reiche, dass wir sogar die Götter zum Staunen bringen.

Die besten Hervorbringungen der Welt wohnen im Reich des reinen Lichtes, von wo aus sie ihren Einfluss zu allen Winkeln des Universums verbreiten, zu Steinen und Menschen und Würmern, und sogar zu den Sternen, den Toten und den Engeln. Wir lernen, Meister in der Kunst des Überwindens aller Grenzen zu sein. Wir lernen, über jene Illusion hinaus zu gehen, die sich hinter der Illusion befindet.

Wir haben auf unserem Weg und bei unseren Entdeckungen erst wenige Möglichkeiten ausgeschöpft. Wir erwachen jeden Tag in einem Zustand vollkommener Demut und Freude über all das, was als Möglichkeit vor uns liegt.

Deshalb bedürfen wir nicht des Ruhmes. Wir leben in Ruhe, wie in einer heiligen Flamme, und niemand außerhalb dieser Insel weiß um unser Sein. In unserer Stille widmen wir uns der Vervollkommnung unseres Geistes, bestimmt dazu, den höchsten Mächten im Universum zu dienen.

Wir wollen nicht die Erinnerung an uns, wollen nicht gepriesen werden. Wir wollen bloß das Licht mehren und Erleuchtung vertiefen."

Buch acht

Eins

Aufmerksam lauschte er dem sprechenden Schweigen, bis sich das Schweigen veränderte. Etwas anderes nahm seinen Platz ein, ein Zustand der Erwartung. Er blickte um sich. Die Banner und Flaggen der unsichtbaren Stadtgilde hingen bewegungslos herab. Die Trompeten und Flöten blieben stumm. Ein höherer Glanz, dessen Ursprung er nicht erklären konnte, hatte die Halle erfüllt.

Hierauf sagte seine Begleiterin etwas zu ihm. Sie wiederholte es drei Mal, bevor er hörte. Erst nach langer Pause verstand er. Und was er verstand, verwirrte ihn.

„Du kannst nur erhalten, was du schon hast. Dir kann nur gegeben werden, was du schon bekommen hast", sagte sie sanft.

Noch verwirrt, war er im Begriff zu sprechen, als sie ihn erneut berührte. Ihre Berührung machte ihm nachhaltig bewusst, dass sich die erwartungsvolle Stimmung im Saal auf ihn konzentrierte.

„Deine Zeit ist gekommen", sagte sie zärtlich. „Du wirst auf das Podium gerufen."

„Aber wozu?", fragte er. Als er sich von seiner Verwirrung erholt hatte.

„Weil du hierher gekommen bist", antwortete sie freundlich. „Geh, und du wirst es wissen."

Zitternd erhob er sich und stieg die Stufen zum Podium empor. Als er oben ankam, merkte er, dass die Wände zu beiden Seiten aus glühenden Spiegeln bestanden. Er war überrascht, weil er sie erst jetzt bemerkte, und ihm schien, es hätte sie vorher nicht gegeben.

In den Spiegeln zeigten sich Reiche, Welten und verblüffende Existenzen. Was er sah, erfüllte ihn mit blankem Entsetzen. Er versuchte, nicht mehr in die Spiegel zu blicken.

So wie er nahe des Tisches am Rand des Podiums stand, konnte er die erlauchte Anwesenheit der unsichtbaren Meister hinter sich fühlen. Er erfasste auch die verstärkte Wirkung der Farben und Symbole auf den Bannern, die aufrechte Haltung der unsichtbaren Stadtgilde und die ergebene Geduld der virtuosen Musiker.

Vor ihm erschien plötzlich ein Glas Wasser. Er trank das Wasser, und das Glas verschwand wieder. Etwas klärte sich in seinem Kopf. Und ihm war, als wäre ihm ein neues Bewusstsein gegeben worden. Das Schweigen in der Halle wurde tiefer und war von solcher Klarheit, dass er fühlte, die Tore zu einem höheren Reich hatten sich geöffnet. Als er sich umschaute, staunte er, wie unendlich weit die Halle war. Ehrfurcht ergriff ihn vor der geballten Macht dieser unsichtbaren Versammlung.

Zu seinem Schrecken befand er sich zur gleichen Zeit an zwei Orten. Er war noch auf dem Podium, umgeben von strahlenden Unsichtbaren, seine Gedanken in Dunkelheit. Gleichzeitig aber stand er, überschüttet von unbeschreibbarem Licht, an der Schwelle der großen Halle, neben dem Torbogen. Die Helligkeit war so groß, dass er sie nicht als Licht empfand.

Er befand sich in völliger Dunkelheit des Lichtes, an der Schwelle, unter dem Torbogen, in tiefem Schweigen, als er erneut die Frage hörte, die er vorher drei Mal nicht beantwortet hatte. Aber diesmal hatte sich die Frage verändert und die fragende Stimme war engelgleich.

„Was ist der Zweck der Unsichtbarkeit?"

Wieder drückte Schweigen seine Gedanken nieder. Als er aber da stand, zitternd in seiner Unfähigkeit, fühlte er die Anwesenheit seines dritten Begleiters und antwortete ohne zu denken.

„Vollendung."

Die Lichter wurden heller, lösten ihn in ihrer Dunkelheit auf. Und die Stimme sagte drängender, seraphischer:

„Wovon träumen die Unsichtbaren?"

Das Schweigen, das in seinen Gedanken schwoll, trieb ihn an den Rand des Lichtes, in die Luft. Er war hilflos und in Angst verstrickt. Doch bevor er zu schreien begann, kam der Geist seines zweiten Begleiters zu ihm, und sein Herz schlug um so schneller, je näher er der Lösung des Geheimnisses kam:

„Die erste allumfassende Gesellschaft der Gerechtigkeit und Liebe zu schaffen."

Nach einem kurzen Schweigen ertönte Musik, und er sah einen Faun auf der Flöte spielen. Das Spiel war von so herzzerreißender Schönheit, dass er zu weinen begann. Dann verschwand diese Vision, die Musik verstummte, Licht und Dunkelheit waren eins.

Die Stimme sagte, ruhiger jetzt, beinahe unhörbar, als würde eine Gottheit mit den Stimmen des Windes im hohen Gras sprechen:

„Worin liegt das Rätsel der Brücke?"

Verloren im vollkommenen Gleichklang von Licht und Dunkel, von Schweigen und Lärm, wanderte er in den kühlen Räumen der Frage. Nicht mehr ängstlich, aber zitternd vor

Freude, fühlte er die Gegenwart seines ersten Begleiters. Und mit einem Lächeln in der Stimme antwortete er:

„Kreativität und Gnade."

In diesem Augenblick wurde er überwältigt von Licht, das mit übernatürlicher Treffsicherheit floss. Er konnte die Wertschätzung der Unsichtbaren fühlen. Er konnte das warme Leuchten ihres Lächelns spüren. Es lag gleich mattem goldenem Nebel in der Halle, ein Duft nach Sonnenlicht. Er wurde Kind.

Zwei

Einen Augenblick lang, wie er die versammelten Unsichtbaren als leuchtende Wesen in durchsichtigem Weiß wahrnahm, sah er ihre mächtigen Flügel. Er hielt den Atem an. Wie in einem geheimnisvollen Traum oder einer kurzen Vision am Himmel sah er sie wieder, über alles hinwegschwebend, ihre Gnade an alle verteilend, die unter ihrem Schutz stehen. Erneut erblickte er den Erzengel der Unsichtbarkeit.

Und als er sich auf dem Podium zurückfand, sich der seltsamen Natur seines Schicksals undeutlich bewusst, geschah etwas Wunderbares. Was er im Spiegel sah, berührte in tief. Heraus trat ein Einhorn mit diamantenem Horn. Bevor er Atem schöpfen konnte, schritt das Einhorn lautlos auf ihn zu. Es blieb stehen und wandte ihm seine hypnotisierenden Augen zu. Sein Horn zeigte himmelwärts.

Gebannt von den fesselnden Augen des Einhorns hörte er eine süße und urzeitliche Stimme in der Luft sagen:

„Weil dein Herz rein ist, hast du gefunden, ohne zu suchen, überwunden, ohne zu wissen, dass du überwindest, und bist hier angekommen, während es allen anderen, die es versucht haben, misslungen ist. Du bist unsichtbar geboren worden. Jeder, der hierher kommen will, muss auf die eine oder andere Weise den weiten Weg, die alten Bedingungen wieder durchwandern. Es gibt keine andere Möglichkeit."

Als die Stimme endete, fühlte er, ganz plötzlich, er wäre an einem glänzenden silbernen Ort, an dem all die bekannten Gesetze ihre Gültigkeit verloren hatten.

In smaragdenem Licht bewegte sich das Einhorn würdevoll von ihm weg und verschwand durch den zweiten Spiegel. Es ließ die geheimnisvollen Philosophien zurück, mit denen die Luft getränkt war.

Drei

Es traf ihn wie ein Blitz, als er sich in dem glühenden Spiegel nicht mehr sah. Er hatte kein Spiegelbild. Doch noch ehe er in tödlicher Angst zu schreien begann, wurde er plötzlich ruhig. Er fühlte sich eins mit der namenlosen Heiterkeit des Universums. Er war einer der Unsichtbaren geworden.

Seltsam und schön war, dass er, der seine Heimat verlassen hatte, um das Geheimnis der Sichtbarkeit zu suchen, eine höhere Unsichtbarkeit gefunden hatte, die Unsichtbarkeit der Gesegneten.

Postskriptum

In dem Essay „Zwischen schweigenden Steinen", der in der Sammlung „Vögel des Himmels. Wege in Freiheit" enthalten ist, schrieb Ben Okri: „Natur und Geschichte handeln nicht nur vom Überleben der Stärksten, sondern auch vom Überleben der Klügsten, der Anpassungsfähigsten und der Wachsamsten." Die von ihm genannten Klügsten, Anpassungsfähigsten und Wachsamsten sind zumeist die Übersehenen. Diese Idee faltete der Autor zu einem Roman aus: „Der Unsichtbare" (orig. „Astonishing the Gods").

Übersehen werden, ist eine Leiderfahrung. Allerdings hat diese auch ihr Gutes, nur durch sie wird einem in besonderer Weise klar, wer oder was man ist oder sein könnte. Der Roman „Der Unsichtbare" beginnt daher mit der Beschreibung eines Zustands der Unschuld, einem paradiesischen Dasein: „Es ist besser, unsichtbar zu sein. Sein Leben war besser, weil er unsichtbar war, aber das wusste er zu dieser Zeit nicht."

Der von Giuseppe Ungaretti in einfachen und klaren Worten vorgetragene Wunsch: „Ich suche / ein unschuldiges / Land" ist im Fall des Unsichtbaren von Haus aus erfüllt. Der im Roman stets bloß als „er" (im Original „he") bezeichnete Held lebt in einem „unschuldigen Land", er braucht nicht darnach zu suchen, er bräuchte sich seines paradiesischen Zustands nur erfreuen, käme nicht die Störung, die ihm klar macht, dass er ein Übersehener der besonderen Art ist:

„Es waren die Schriften, aus denen er erstmals von seiner Unsichtbarkeit erfuhr. In all den Geschichtsbüchern, die er las, suchte er sich und sein Volk und entdeckte zu seinem jugendlichen Erstaunen, dass es ihn und die Seinen nicht gab. Das bestürzte ihn so tief, dass er beschloss, sobald er alt genug sei, sein Land zu verlassen, um die sichtbaren Menschen zu finden und zu erfahren, wie sie aussähen."

Dieser Sturz aus dem Paradies kommt gnadenlos. Nur handelt es sich um einen unverschuldeten Sündenfall, der nicht vermeidbar gewesen ist, zumindest nicht von der Bevölkerung, die nicht einmal ahnen konnte, dass sie in anderer Augen unsichtbar wäre.

Mit dem oben angeführten Zitat, dass aus Büchern die Unsichtbarkeit zu entdecken war, verweist Ben Okri auf den Zustand der europäischen Geschichtsschreibung. Okri verwendet in diesem Zusammenhang das Bild von Sichtbarkeit und Unsichtbarkeit und nicht Farbbeschreibungen wie schwarz und weiß! Nichteuropäer und daher auch Afrikaner fühlen sich von der Geschichtsschreibung der sogenannten Ersten Welt nicht oder nur fehlerhaft wahrgenommen. Ihre eigenen tradierten Geschichten, ihre ihnen eigenen Einstellungen und Lebenshaltungen, ihre Traditionen und Religionen spielen in den Überlegungen jener Menschen, die sich gerne als Maßstab der globalen Entwicklung sehen, keine Rolle. Die Nachbarn, das gilt für Afrikaner ebenso wie für Asiaten und für indigene Amerikaner, werden nicht in ihrer Identität wahrgenommen. Sie sind, so gesehen, unsichtbar.

Ben Okri schrieb keinen Roman, der um Anerkennung schreit, es gibt keinen (wehleidigen) Verweis auf die Ignoranz der Kolonisatoren. Er sieht das Ziel in der Verwandlung der schmerzhaften Unsichtbarkeit in eine harmonische. Um es nochmals deutlicher zu sagen: Unsichtbarkeit lässt sich nicht durch Sichtbarkeit ersetzen, sondern durch einen paradox zu nennenden Zustand, in dem alle unsichtbar sind und daher alle für einander sichtbar werden. In dem vorhin zitierten Essay „Zwischen schweigenden Steinen" sagt Ben Okri sehr deutlich: „Britannien begann, die halbe Welt zu kolonialisieren und findet jetzt die halbe Welt auf seinem eigenen Territorium und innerhalb seiner Geschichte wieder, was sachte dessen eigene Psyche ändert." Mit den Worten von Toni Morrisson ausgedrückt, Unterschiede zwischen Menschen, die sich auf das Kriterium der Hautfarben beziehen, sind Aussagen „close to nothing".

Der Roman „Der Unsichtbare" ist nicht nur als eminent politisches Buch zu lesen, sondern auch als eine Parabel über die seltsame und gleichzeitig beglückende Kraft des Traums. Ein Unsichtbarer macht sich auf den Weg, um das Geheimnis der Sichtbarkeit zu finden. Was er sucht, erschließt sich ihm nicht, Geheimnisse öffnen sich denen, die nicht suchen, dafür aber Begegnungen mit wachem Verstand und aufnahmebereitem Herzen zulassen. Der Roman ist eine vieldeutige Parabel über das Schreiben an sich wie auch über all jene Menschen, die ununterbrochen auf der Suche sind und aufgrund ihrer Unruhe nicht fündig werden.

Die erste Interpretation scheint die zweite aufzuheben und vice versa. Und genau darin liegt der besondere Reiz dieses Romans. Beide Herangehensweisen lassen sich im selben Maße Satz für Satz belegen, sodass der Leser, am Ende des Buches angelangt, nicht mehr weiß, welchen Interpretationsweg er letztlich einschlagen soll. Literatur schafft mit sprachlichen Mitteln Geheimnisse, indem sie bestehende Widersprüche nicht auflöst. Ben Okris Roman „Der Unsichtbare" belässt Widersprüche, ohne Lösungen bekannt zu geben. Jede Literatur schafft auch Rätsel, die im Leser weiterwirken sollen. Nichts wäre Okri fremder, als eine Eindeutigkeit zu schaffen, die nur eine Interpretation, nur einen Schluss zulassen würde.

Wenden wir uns dem Problem der Unsichtbarkeit nochmals zu, weil es ein Thema ist, das auch in Okris anderen Büchern immer wieder anklingt und das eine überaus deutliche politische Botschaft in sich birgt, was alle eigentlich sofort wissen können, wenn sie die ersten Worte des Romans aufmerksam lesen: „Es ist besser, unsichtbar zu sein."
Der nicht näher gekennzeichnete Held trägt keinen Namen und wird auch während der Weiterführung des Romans nicht näher charakterisiert. Dem Leser werden physische Einzelheiten wie Haar-, Haut- und Augenfarbe, Größe, bevorzugte Kleidung, Neigungen, Vorlieben und dergleichen nicht verraten. Der Leser erfährt bloß, dass es sich um einen Unsichtbaren handelt, der „als Unsichtbarer zur Welt" kam und eine Mutter hatte, die „unsichtbar wie er" war und ihn deshalb sehen konnte. Alle weiteren Details des Volkes, dessen Geschichte in „unsichtbaren Jahrhunderten" wurzelt, lassen erkennen, dass der Zustand der Menschen ein angenehmer ist. Zwar gab es Schwierigkeiten und Probleme, doch diese erscheinen allesamt lösbar. Das alles gilt auch für den Protagonisten des Romans, der ohne Beschwernis im strahlenden Licht der unbeschriebenen Zeiten aufwächst. Der Schock kommt erst, als der Held seltsame Zeichen und langweilige Alphabete lernt und aus Büchern erstmals von seiner Unsichtbarkeit erfährt. Er „entdeckte zu seinem jugendlichen Erstaunen, dass es ihn (...) nicht gab."

Wer mit offenen Augen durch die Welt geht, wird feststellen können, unabhängig davon, um welches Land der sogenannten Ersten Welt es sich handelt, dass Schwarze im Regelfall wie unsichtbar sind, anwesend, aber nicht wahrgenommen, sichtbar, aber nicht gesehen. Die Charakteristik der Beziehungen zwischen Schwarz und Weiß beschrieb Gunnar Myrdal im Jahr 1944 für die USA folgendermaßen: „Die Muster der Rassentrennung sind so gründlich, dass selbst da, wo Schwarze im Alltag oft gesehen werden, es nur gerade in drei Sphären zu wirklichen Kontakten mit ihnen kommt, im Zufälligen, im Wirtschaftlichen und im Kriminellen." In merkwürdiger Weise trifft diese Charakteristik auch auf das Mitteleuropa der Jahrtausendwende zu. Schwarze führen bzw. fristen ein Dasein jenseits der Aufmerksamkeit der Bevölkerung, und wenn es zu Kontakten kommt, dann sind sie eher zufällig oder bestehen in einer merkwürdigen Mischung aus wirtschaftlich und kriminell, wie zumindest die heimischen Boulevardblätter ununterbrochen zu berichten wissen.

Wenn also Ben Okri von einem Unsichtbaren erzählt, der sich aufmacht, um das Geheimnis der Sichtbarkeit zu lüften, dann sind, um die Tiefe und Zielrichtung des Textes zu verstehen, die gesellschaftlichen und die historischen Bedingungen der Geschichte zwischen Weiß und Schwarz mitzuberücksichtigen, soll die Lektüre aus dem Roman nicht eine Fantasy-Geschichte machen, duftig, leicht und angenehm zu lesen. Eine Art des exotischen Wildwuchses eben, der sich in Selbstgefälligkeit ergeht. Ben Okri meint allerdings mit der Unsichtbarkeit mehr als das aktuelle Desinteresse an seinem Heimatkontinent, der nur dann in der aktuellen Berichterstattung auftaucht, wenn es

Erdbeben, politische Wirrungen, Flugzeugabstürze, Hungersnöte oder alarmierende Zahlen über die Aidsinfizierten und dergleichen mehr gibt.

Seine Behandlung von Unsichtbarkeit trägt als unterschwelliges Thema in sich, dass es einen sanften, behutsamen und auf das Gegenüber eingehenden Dialog geben müßte. Das setzt jedoch die Beantwortung der Frage voraus, worüber der Dialog überhaupt zu führen sei, damit wir zu einer wechselseitigen Sichtbarkeit gelangen könnten. Dialog benötigt eine Basis. In den Köpfen vieler Mitteleuropäer, und nicht nur dieser, hat die Vorstellung nicht ausgedient, dass eine Assimilierung alle anstehenden Probleme lösen könnte. Umgangssprachlich, nach dem Volksmund gesagt, hieße das wohl, die Zuwanderer sollen sich benehmen wie wir und sollen sprechen wie wir. Erinnern wir uns an das Beispiel des schwarzen Sängers Billy Mo, der vor einigen Jahren in Österreich (auch bisweilen mit Lederhosen angetan) „Ich kauf' mir lieber einen Tirolerhut" trällerte. Wieviel (un-)freiwillige Komik gab es da zu sehen? Welche Anmaßung und welche Verachtung und welches perverse Vergnügen stehen hinter der Vorstellung, dass solch eine Assimilierung das Ziel zu sein hat? Ein schwarzer Mensch als Zerrbild des weißen Menschen, um den Weißen zu amüsieren. Viel bizarrer kann es kaum werden.

Viele Mitteleuropäer, und nicht nur diese, haben mächtige Probleme, wenn sie mit Lebenseinstellungen konfrontiert werden, die nicht die ihren sind. Allerdings die Lebenseinstellungen alleine sind es nicht. Getragen wird die Ablehnung durch darwinistisch eingefärbte Vorurteile, welche die Überlegenheit der Weißen biologisch und kulturell-evolutionistisch rechtfertigen und die Schwarzen als *dumm, unsittlich, krank, faul, inkompetent* und *gefährlich* einstufen. Wie stark diese Vorurteile wirken, belegt ein Blick zurück in das Österreich nach dem Zweiten Weltkrieg. Es gab nach dem Abzug der alliierten Soldaten eine Reihe von Kindern, die schwarze Väter und weiße Mütter hatten. Nachdem die Soldaten Österreich verlassen hatten, wurden viele dieser Kinder entweder den Vätern in die USA nachgeschickt oder zur Adoption nach Skandinavien freigegeben, weil die Diskriminierung der Kinder und ihrer Mütter, die als „Negerhuren" beschimpft worden waren, zu arg war. Diese Kinder empfanden sich selbst als unsichtbar, weil sie in einer weißen Umgebung aufgewachsen waren und sich daher als weiß empfanden. Es gibt erschreckende Zeugnisse und Berichte über den Schock der Kinder, nachdem sie von ihren schwarzen Verwandten in den USA vom Schiff abgeholt worden waren. Die Kinder waren, um Okris Begriff zu gebrauchen, plötzlich sichtbar geworden. Die Sichtbarkeit gleichsam als unverschuldeter Sündenfall. In der Bundesrepublik Deutschland artikulieren Afro-Deutsche sehr deutlich, mit welchen Schwierigkeiten sie zu kämpfen haben. Verwiesen sei in diesem Zusammenhang auf die Autorin May Ayin, die in einem Gespräch sagte: „Ich wuchs auf, ohne mich selbst zu sehen."

Ben Okris Konzeption von Unsichtbarkeit geht allerdings noch viel weiter. In einem Essay, den er der Shakespearschen Bühnenfigur Othello widmete, meint er über die Weißen: „Jene, die schwarze Menschen hassen, und jene, die sie romantisieren, meinen dasselbe, wenn der eine von der Farbe als hässlich und der andere von ihr als attraktiv spricht. Beide sprechen dem

Schwarzen seine eigene einzigartige Bedingung und seine einzigartige Existenz ab." Unabhängig davon, ob schwarze Farbe eines Menschen als hässlich oder attraktiv eingestuft wird, ist die Einstufung an sich bereits als Okrisches Vexierbild der Sichtbarkeit bzw. der Unsichtbarkeit zu sehen.

Mit anderen Worten, die Unsichtbarkeit, die auf der einen Seite als Sturz, als unverschuldeter Sündenfall aus der eigenen Geschichte zu interpretieren ist, muss auf der anderen Seite zum Normalfall werden. Man kann das neue Verhältnis zwischen Schwarz und Weiß, die neue wechselseitige Unsichtbarkeit, wie Martin Luther King formulieren, als er sagte, er hoffe, „dass meine vier Kinder ... nicht nach ihrer Hautfarbe beurteilt werden, aber anhand der Qualität ihres Charakters."

Man kann die neue Unsichtbarkeit wie Ben Okri charakterisieren, der in seine Überlegungen den Lyriker und Prosaisten Rainer Maria Rilke einfügt: „Letztlich sind wir in ein gemeinsames Schicksal eingebunden, wer auch immer der andere sein mag. Wir sind eingebunden in die Tatsache, dass wir uns miteinander auseinandersetzen müssen. Daran führt kein Weg vorbei. Rilke schien etwas Ähnliches zu meinen, als er schrieb: „Dieses heißt Schicksal: gegenüber sein / und nichts als das und immer gegenüber."

Die Art, wie wir einander sehen, ist verbunden mit der Art, wie wir uns selbst sehen. Der andere sind wir selbst als der Fremde.

Das Thema der Unsichtbarkeit im Werk Ben Okris ist also vieldeutig. Auf der einen Seite ist durch die Kontaktnahme der Europäer mit den Afrikanern das, was Okri als Unsichtbarkeit bezeichnet, verloren gegangen. Dieser Kontakt hat zum Sturz aus dem strahlenden Glanz unbeschriebener Zeiten geführt. Die Verschriftung hat sich nicht nur neben die Traditionen, die gelebt werden, gesetzt, sondern sich über die alten Traditionen gestülpt. Die Unsichtbarkeit auf der anderen Seite meint bedauernd, dass die Einzigartigkeit der afrikanischen Kulturen nicht erkannt worden ist, ihre faszinierende Vitalität weitgehend unberücksichtigt blieb. Was beispielsweise heißt, die Weißen erkennen nicht, dass die Meisterwerke afrikanischer Holzschnitzer als integrale Teile des von den Afrikanern geschaffenen Universums zu betrachten sind, und nicht als Kunstwerke. Kunstwerken wohnt nicht zwangsläufig eine spirituelle Dimension inne. Und als Letztes meint die notwendigerweise sich entwickelnde Unsichtbarkeit, dass eine neue Qualität im Zusammenleben der Völker entstehen muss. Wir sind verpflichtet, einander als Menschen zu sehen, die jene wunderbaren Plätze, die wir alle in unseren Herzen tragen bzw. tragen können, wechselseitig ineinander aufrufen können bzw. müssen. Unsere Historie ist unauflöslich miteinander verbunden, sodass wir, um mit Ben Okri zu sprechen, sanft unsere Kultur von innen verändern und wir als Hilfestellung die Ideen der Zuwanderer nützen müssen. Die neue Qualität der Unsichtbarkeit wird Unterschiede der Menschen nach Kriterien der Hautfarbe nicht mehr kennen. Wir alle werden unsichtbar sein.

Der Weg dorthin ist schwierig und bedarf der Veränderung des Einzelnen. Der Roman „Der Unsichtbare" ist nicht nur als Darstellung des Themas der Unsichtbarkeit, sondern auch als Auseinandersetzung mit der Veränderung des Einzelnen zu lesen. Die Veränderung des Einzelnen ist ein Motiv, das nicht nur in den Essays von Okri behandelt wird – dabei scheut er auch nicht Parallelen zwischen Afrika und Indien zu ziehen –, sondern auch in seinem Roman „Gefährliche Liebe" („Dangerous Love") dargestellt wird. Die folgende Passage kann ohne Schwierigkeiten als Ergänzung zum „Unsichtbaren" gelesen werden:

„Und während der Himmel immer stärker von der Sonne erhellt wurde, schwächte sich seine innere Erleuchtung. Und während er tiefer in den Born des Wissens und Verstehens fiel, zu dem er keinen Zugang zu besitzen geglaubt hatte, ließ die Vision allmählich nach. Doch seine Meditation ging über die Worte hinaus. Stieg zu höheren Dimensionen in ihm auf, öffnete Türen, riss Mauern ein und dehnte die Räume in ihm zu neuen Formen des Bewusstseins. Lichtpunkte verschwinden für immer. Visionen sind stets unvollständig. Zwischen dem Chaos und der Klarheit, dem sich stets in Bewegung befindlichen regungslosen Sein, zwischen den Unterbrechungen und dem Tosen des Augenblicks bildete sich ein geheimes Ich, und ein neuer Mensch trat in Erscheinung. Omovo hatte eine unbenennbare Seinserweiterung erlebt, und wie die meisten von uns wusste er nicht, wie er sich diese Erfahrung ganz zu eigen machen konnte." (Übersetzung: Uli Wittmann)

Eine der vielen interessanten Eigenheiten im Werk Okris ist die Tatsache, dass sich die einzelnen literarischen Arbeiten zu einem großen Puzzle zusammenfügen lassen und er aus einem schier unerschöpflichen Vorrat an Gestaltungsmöglichkeiten zu schöpfen scheint. Der vorliegende Roman „Der Unsichtbare" ist eine Parabel über die seltsame und gleichzeitig beglückend schöne Kraft des Traums, der notwendig ist, um die Vorstellung eines auf Erden machbaren goldenen Zeitalters am Leben zu erhalten. Ein goldenes Zeitalter, in dem die Menschen einander als Artgenossen erkennen können.

Möglicherweise vermag die folgende Frage das Geheimnis des Romans ganz in seinem Sinn als Rätsel zu beantworten: „Worin", fragte Rainer Maria Rilke, „liegt die Möglichkeit eines ganzen Lebens, einer vollen Überzeugung einer Liebe, die ohne jede Beteiligung von Nichtliebe, ohne einen Rest von Selbst- und Ichsucht ist? Das heißt doch: nur positiv leben?"

Abschließend möchte ich meinen herzlichen Dank für die vielen kritischen Einwendungen, Beiträge und Anregungen während der Arbeit an der Übersetzung aussprechen. Er gilt wie so oft Monika Niederle und Helga Perz, die sich nachhaltig in die sprachliche Gestaltung des vorliegenden Textes eingebracht haben.

Helmuth A. Niederle
Wien, im Jänner 2000

Biographie

Ben Okri, geb. 1959 in Minna, Niger State, Nigeria, übersiedelte 1961 mit der Familie wegen des Jus-Studiums seines Vaters nach London, wo Ben Okri einen Teil seiner Kindheit verbrachte. 1966 kehrte er mit der Familie nach Nigeria zurück, sechs Monate danach brach der Bürgerkrieg aus. Seine Eltern gehörten nun verfeindeten ethnischen Gruppen an, die Mutter ist Ibo, der Vater Robo. Okris Vater verteidigte als Rechtsanwalt in einem Vorort von Lagos Klienten aus schwachen sozialen Verhältnissen. Zweifellos sammelte Ben Okri in diesem Umfeld für ihn wesentliche Erfahrungen, die in seinem literarischen Werk bis heute deutliche Spuren hinterlassen. Seine Ausbildung erhielt er am Urhobo College in Warri (Bendel State) und in Lagos. Die Bibliothek seines Vaters eröffnete ihm den Zugang zur westlichen klassischen Literatur. Ben Okri begann bereits als Schüler, Geschichten zu schreiben. Als er keinen Studienplatz an einer nigerianischen Universität erhielt, arbeitete er zunächst in einem Farbengeschäft und veröffentlichte Texte in nigerianischen Zeitschriften und Zeitungen. Schließlich ging er zum Studium der Vergleichenden Literaturwissenschaften nach Essex, England. Durch die politische Entwicklung in Nigeria wurde England für ihn zum Exilland. Seit Ende der siebziger Jahre lebt Ben Okri in London. Er ist Fellow Commoner in Creative Arts at Trinity College, Cambridge.

Sein Werk wurde vielfach ausgezeichnet: Commonwealth Writers Prize for Africa (1987); Paris Review Aga Khan Prize for Fiction (1987 und 1993); Booker Prize für „Die hungrige Straße" (1991); International Literary Prize Chianti Rufino –

Antico Fattore (1993); Premio Grinzane Cavour (1994); Crystal Award des World Economic Forum (1995).

Veröffentlichungen: „Flowers and Shadows". Roman (1980); „The Landscapes Within". Roman (1981); „Incidents at the Shrine". Erzählungen (1986); „Stars of the New Curfew". Erzählungen (1988); „The Famished Road". Roman (1991, dt.: „Die hungrige Straße", 1994); „An African Elegy". Gedichte (1992, dt.: „Afrikanische Elegie", edition Kappa, München 1999); „Songs of Enchantment". Roman (1994); „Dangerous Love". Roman (1996; dt.: „Verfängliche Liebe", 1996); „Birds of Heaven". Essays (1996); „A Way of Being Free". Essays (1997, dt.: „Vögel des Himmel. Wege in Freiheit", edition Kappa, München 2000); „Infinte Riches". Roman (1998); „Mental Fight". Gedichte (1999).